MÉMOIRES
D'UN RAT

ANDRZEJ ZANIEWSKI

MÉMOIRES D'UN RAT

Traduit du polonais
par Christophe Jezewski
et Dominique Autrand

belfond
216, boulevard Saint-Germain
75007 Paris

Titre original *SZCZUR*

Si vous souhaitez recevoir notre catalogue
et être tenu au courant de nos publications,
envoyez vos nom et adresse, en citant ce livre,
aux Éditions Belfond,
216, bd Saint-Germain, 75007 Paris.
Et, pour le Canada, à
Édipresse Inc., 945, avenue Beaumont
Montréal, Québec H3N 1W3.

ISBN 2.7144.3210.7

I think we are in rat's alley
Where the dead men lost their bones

Thomas Stearns Eliot,
The Wasteland

Cher lecteur,

Mémoires d'un rat est mon premier roman consacré à un animal, une créature insolite et méconnue car, lorsqu'il s'agit des rongeurs, l'homme est plus soucieux de chercher les moyens de les combattre que d'étudier leur comportement, leur psychisme et leur sensibilité. C'est un roman à sensation et tout rempli de mystère ; en effet, autour des nids de rats et à proximité de leurs trous se déroulent nombre de tragédies, de drames et d'aventures... Les expéditions d'Héraclès, les malheurs d'Œdipe, les voyages d'Ulysse, le désespoir de Niobé, la mort d'Antigone, les destinées des Dieux, des Titans et des hommes se rencontrent, s'entremêlent et s'unissent dans la conscience d'un être qui a tout juste la taille et le poids d'un cœur d'homme.

Dans notre monde humain et prétendument sain, nous préférons les oublier. Car les rats suscitent l'aversion et la crainte – peur des maladies que parfois ils véhiculent, appréhension quasi superstitieuse devant la puissance de leurs dents qui ne cessent de pousser. La société souterraine des rats, leur faculté d'adaptation et leur lutte constante pour survivre, leurs migrations massives et leur propension individuelle au voyage, les exemples nombreux de leur extraordinaire intelligence, les légendes et les récits que j'ai entendus depuis mon enfance, tout cela a fait que les rats m'ont très tôt fasciné, suscitant non seulement ma curiosité mais aussi une sorte d'admiration respectueuse pour la nature qui a su créer des êtres capables de coexister aussi parfaitement avec l'homme.

Rattus norvegicus et *rattus rattus*, le surmulot et le rat noir, deux espèces essentielles au sein de la grande famille des rats, accompagnent l'humanité depuis ses origines et leur destin, étroitement lié au nôtre, reflète pour une grande part notre propre situation par rapport à la civilisation et à l'environnement. Curieusement, c'est auprès des hommes, qui leur avaient pourtant dès le début déclaré la guerre, que les rats ont trouvé les meilleures conditions de vie. Habitant autrefois les grottes, les forêts et les steppes, cette faible créature, proie facile à la merci des serpents, des oiseaux et des mammifères carnassiers, rencontra l'homme ; elle se métamorphosa alors, reprit des forces et partit massivement à l'attaque. Contrairement à ce que l'on croit en général, l'homme favorise le rat, et c'est seulement grâce à notre civilisation que les rats ont réussi à s'implanter sur tous les continents et à atteindre un niveau si élevé d'organisation sociale. Nos caves, entrepôts, greniers à céréales, poubelles et vide-ordures, dépotoirs, écuries, casernes, prisons, fermes, égouts, barrages, cuisines et garages sont devenus leurs repaires, leur royaume et peut-être même le berceau d'une nouvelle civilisation à venir, extrêmement puissante et féconde, féroce et capable de résister à toutes les transformations survenant autour d'elle.

J'ai toujours été intrigué par ce que pouvait être une vie de rat, ses motivations et ses mécanismes, les structures sociales et les relations entre les individus, leurs caractères et leurs penchants, très comparables à ceux des humains.

Dans les labyrinthes expérimentaux des laboratoires, chaque rat se comporte différemment, témoignant de ses aptitudes et de ses faiblesses. Parfois il renonce, recule et s'enfuit ; plus souvent il s'obstine, cherche une sortie, opère des choix, ronge les minces parois, prêt à créer ou à explorer de nouveaux labyrinthes.

J'ai essayé d'approcher les rats, de les connaître le mieux possible, de la façon la plus complète. J'en ai élevé, je les ai observés, j'ai essayé de les comprendre et de devenir leur ami.

J'ai vu les rats qui peuplaient les ruines de Gdansk et les maisons vermoulues du nouveau port après la guerre, ceux qui essayaient de pénétrer dans les bateaux, grimpant et descendant le long des amarres, j'ai observé les rats dans les ruelles de Saigon, d'Istanbul, de Berlin, de Bucarest, de Varsovie et de bien d'autres villes. J'ai collecté aussi toutes les informations, vraies ou fausses, relatives à leur vie et à leurs mœurs, partant du principe que même les faits inexacts, les contes et les légendes m'en apprendraient beaucoup non seulement sur les rats, mais aussi sur les hommes qui avaient inventé ces histoires, inspirées par l'aversion ou la haine ou, au contraire, par leur admiration, leur sympathie ou leur foi.

Le bouddhisme par exemple place le rat assez haut dans la hiérarchie des êtres vivants... C'est précisément le rat, malin et rusé, qui, sautant du dos du buffle, apparaît le premier devant Bouddha mourant. Et c'est seulement ensuite, après le rat, le plus intelligent, et le buffle, le plus travailleur, que défilent les autres animaux du calendrier bouddhique : le tigre, le lièvre, le dragon, le serpent, le cheval, la chèvre, le singe, le coq, le chien et le cochon.

Une autre légende voudrait que les milliers de rats du temple de Karni Mata à Bîkaner, en Inde occidentale, soient la réincarnation animale des poètes morts attendant de revenir à leur apparence de poètes-charanes.

Dans les contes de diverses nations, on voit de méchants souverains dévorés par des armées de souris et de rats. Il faut croire que ces légendes sont fondées sur des faits réels ; au printemps de 1721, le voyageur allemand Peter Pallas vit des hordes de rats traverser à la nage la Volga aux environs d'Astrakhan, prêts à surmonter tous les obstacles sur terre et dans l'eau, dans leur exode à travers l'Asie, l'Europe et l'Afrique, en quête d'espace vital et de nourriture...

Notre Popiel-Chwoscik[1] ne fut pas le seul à être

1. Popiel (Pumpil), prince légendaire de Gniezno, première capitale de la Pologne, et prédécesseur de Piast, fondateur de la royauté, aurait été, selon la *Chronique de Gall Anonymus* (1113), chassé de son trône et dévoré par les souris.

dévoré par les souris... Hatton Ier, archevêque de Mayence, fit brûler vive dans une grange une bande de misérables affamés, afin d'économiser de la nourriture pour la cour... Cet acte ignoble lui valut d'être mangé par les souris dans une tour qui porte aujourd'hui encore le nom de Mäuseturm, à Bingen, sur le Rhin. D'autres souverains et personnalités laïques aussi bien qu'ecclésiastiques méritèrent le même sort, ainsi que divers peuples le relatent avec satisfaction dans leurs fables.

Des hommes dévorés par des rats affamés, on n'en trouve pas que dans les histoires, comme le savent bien tous les aventuriers et chercheurs de trésors qui pénètrent dans de vieux souterrains, caves et forteresses, ainsi que les ouvriers qui travaillent dans les égouts et les tunnels. En 1977, lors de mon séjour au Viêt-nam ravagé par la guerre et la famine, j'ai rencontré des cas d'enfants mangés par des rats, alors que leurs mères étaient parties travailler, les croyant en sûreté dans leurs berceaux. Le destin du rat, parallèle à celui de l'homme, est un motif que l'on voit passer et repasser dans nombre de livres – chez Kafka, Eliot, Joyce, Camus, pour ne citer qu'eux.

Le lecteur attentif aura trouvé des échos de ces épisodes, anecdotes et légendes, et parfois aussi leur prolongement, dans ces *Mémoires d'un rat*, nouvelle *Odyssée* cruelle que j'ai écrite il y a bien des années.

La clé de ma philosophie personnelle, c'est la conviction que toutes les formes de la vie sur Terre sont nées de la même source et participent du même mystère fondamental, celui du sens et du but de l'existence. Il me semble que des animaux aussi intelligents que les rats sont guidés non seulement par leur instinct et leurs réflexes, mais aussi par leur raison, leur expérience, leur mémoire, leurs associations mentales et leurs sentiments ; je les crois capables de tirer des conclusions des phénomènes et des faits qui se produisent autour d'eux, je les crois moins bestiaux et plus humains que nous les hommes, dans notre suffisance, ne sommes prêts à l'admettre.

Maître de la Création – usurpateur ou nommé par Dieu ? –, l'homme devrait se faire aujourd'hui le protecteur indulgent et l'ami des milliards de créatures dont il ne comprend pas le langage et dont il évalue le comportement selon des critères qui l'arrangent. Hélas, c'est le contraire qui se produit. Pourtant nous savons bien que nous sommes faits de la même combinaison de protéines que le chien, le rat, le pigeon et tout être vivant. L'homme oublie que son organisme est construit de la même façon et il agit comme s'il voulait renier cette parenté gênante et se débarrasser à tout prix de ses racines biologiques. Il cherche donc les origines de son existence au-delà des frontières de notre galaxie ou dans le souffle de l'Être suprême. Voilà qui témoigne d'une incroyable présomption et d'un sentiment de supériorité dénué de fondement, totalement illusoire.

Nous sommes persuadés que la civilisation que nous avons imposée au monde est la seule et la plus parfaite, la première et la dernière. Cette foi aveugle est notre erreur quotidienne. Nous ignorons quelle civilisation apporteront les temps futurs, lorsque, consciemment ou sans le vouloir, nous aurons commis ce suicide collectif dont chaque jour nous rapproche. Ce sera peut-être la civilisation des rats, ou celle des oiseaux, ou encore celle des insectes...

Il y a bien longtemps que nous ne voyons plus dans les animaux des partenaires, mais seulement un matériel biologique qui devrait être soumis à nos besoins, à notre volonté, à notre savoir et à nos caprices. Nous apprécions l'intelligence des animaux dans la mesure où ceux-ci se laissent dominer par nous. Nous avons créé de gigantesques abattoirs, des élevages, des fermes, des tanneries, des millions de lieux de massacre. Nous sommes des créatures non seulement présomptueuses, mais d'une cruauté exceptionnelle qui nous paraît normale, et même de bon goût, comme le fait de porter une élégante fourrure de renard ou d'astrakan, prématurément arraché au sein de sa mère... J'en parle, car il est bon que nous prenions conscience de ce que nous sommes vraiment et de ce vers quoi nous allons.

S'il t'arrive, cher lecteur, de croire à la réincarnation, tu accepteras l'idée que l'homme qui a été un rat dans un précédent avatar puisse garder dans son subconscient la mémoire de cette existence-là, et que son ancienne destinée, dans ses grandes lignes et dans ses situations particulières et dramatiques, vienne se superposer à sa vie actuelle, apparemment éloignée de l'autre, puisque humaine. Inversement, si tu peux concevoir un homme réincarné dans la peau d'un rat, il te suffira de faire un pas de plus pour imaginer ta propre conscience soumise à ce genre de métamorphose. Si tu y parviens, tu deviendras toi-même le héros de mon roman et tu comprendras tout ce qui t'unit à cet animal apparemment si éloigné de toi. Tout ce que j'ai écrit te paraîtra limpide, évident.

Car ce livre descriptif, fondé sur des faits, est également une fable, une légende exceptionnellement cruelle et insolite, grise et douloureuse comme une vie de rat, et par là même vraisemblable. Cette société de rongeurs qui vit juste à côté de nous, littéralement sous nos pieds, nous accompagne depuis des millénaires, participant à notre bien-être et à notre misère, dans la paix comme dans la guerre.

Nous préférons ne pas les voir, ne rien savoir d'eux, nous les combattons et leur vouons ce mépris immense dont seuls les hommes sont capables.

Je me demande si certains comportements de mon héros, et nombre d'événements et d'épisodes, n'ont pas été trop bien camouflés. Les symboles du passé, entremêlés aux éléments du paysage contemporain qui nous entoure, les traces qui renvoient aux débuts de notre civilisation seront-ils compris comme je le voudrais ?

Cette ultime confession d'un rat n'est pas un livre sur les animaux, bien qu'on puisse aussi le concevoir de cette façon. J'y vois au contraire un récit sur les lois qui dominent notre société, nos mythologies, nos vérités et nos mensonges, l'amour et l'espoir, la solitude et la nostalgie.

Lui et nous sommes des habitants du cosmos, nous respirons la même atmosphère terrestre, nous appartenons au même ordre, celui des mammifères, tous dotés du même type de cerveau, de cœur et d'estomac, avec le même processus de fécondation et de reproduction.

Nous sommes donc des cousins biologiquement et psychologiquement très proches, et nos deux espèces, bien que dans des circonstances différentes, ont survécu à des millions d'années d'évolution grâce à leur vitalité, à leur force et à leur intelligence, et sont parvenues à un tel degré de perfectionnement qu'elles dominent la planète.

Aussi, cher lecteur, n'oublie pas que, lorsque j'ai décrit de façon minutieuse et naturaliste l'existence d'un rat, c'est à toi que je pensais.

Andrzej Zaniewski

Ténèbres. Ténèbres comme après la naissance, ténèbres de toutes parts. Mais les ténèbres d'alors étaient encore plus épaisses : une barrière noire, étanche me séparait de la vie, de l'espace, de la conscience. Je ne connaissais rien d'autre que l'obscurité, tandis qu'à présent brillent dans mon cerveau des résidus d'images, des traces de lumière, des débris, des fragments, des ombres.

Souviens-toi de cette obscurité initiale, autrefois contemplée et désormais gravée dans ta mémoire, évoque-la dans sa forme première, primitive, applique-toi à reconstituer le parcours de ta vie, événements, pérégrinations, fuites et voyages – depuis le début : depuis l'instant où tu as quitté le ventre chaud de ta mère, depuis la première bouffée d'air dans tes poumons douloureux, depuis cette sensation de froid soudain, depuis la coupure du cordon ombilical et le premier contact délicat d'une langue.

Je me rappelle des lieux : canaux, caves, sous-sols, souterrains, greniers, tunnels, passages, crevasses, caniveaux, cloaques, fosses d'aisances, rigoles, canalisations, puits, poubelles, dépotoirs, entrepôts, garde-manger, poulaillers, porcheries, étables, granges... Mon univers de rat – une vie parmi les ombres, dans le noir, la grisaille, l'obscurité et la pénombre, le crépuscule et la nuit, le plus loin possible du jour, de la lumière éclatante, du soleil qui éblouit, des rayons qui vous transpercent, des surfaces étincelantes qui choquent la vue.

Le plus loin possible de la lumière. A l'époque où je n'étais guidé que par l'odeur du lait dans les mamelles gonflées et par la chaleur du ventre, quand les conques fermées de mes oreilles ne laissaient encore passer aucun son, j'ai distingué pour la première fois, à travers la fine membrane de mes paupières soudées, une ombre grisâtre, une tache à peine moins sombre dans les épaisses ténèbres environnantes. C'était le reflet d'une ampoule allumée ou d'un rayon de soleil pénétrant à midi par le soupirail de la cave qui venait soudain d'atteindre mes yeux clos, suscitant mes premières intuitions.

La douce lueur te fascine, t'intrigue, t'appelle. Te détachant du téton rempli de lait, tu rampes maladroitement vers elle.

Ta mère te saisit délicatement par la peau du cou avec ses dents, elle te ramène et te dépose contre elle. Au contact de son ventre chaud, plein de lait, tu oublies la tache grise. Pour un instant seulement. Bientôt l'inquiétude revient : de nouveau je perçois ce contour vague, de nouveau je me détache et rampe vers le tunnel qui relie le nid à la cave.

Ma mère me lèche tout entier, soigneusement, sa langue humide me lave, me débarrasse des premières puces qui déjà se sont nichées dans mes aines.

Je n'ai pas retenu grand-chose de ce lointain éveil de ma conscience, du temps où je ne savais même pas que j'étais un rat et où mon imagination, encore en sommeil, n'expliquait rien, ne pressentait rien.

Outre mon attirance vers la lumière, vers la moindre source de clarté transperçant mes paupières, je réagissais aux couinements aigus de ma mère. S'ajoutant à l'odeur des mamelles et à la chaleur rassurante, ils étaient là pour me guider, m'instruire, me contraindre.

Mon ouïe n'est pas encore formée, mes orifices auriculaires sont soudés et seule une toute petite partie des sons pénètre à l'intérieur. Pourtant je distingue aussitôt le cri perçant de ma mère, que j'associe à la chaleur et au goût délicieux du lait.

Ma peau, jusqu'à présent nue et rose, se couvre peu à peu d'un délicat duvet gris, je le sens, j'ai de plus en plus chaud. Désormais je ne crains plus de rester couché à découvert.

Je grandis, je deviens de plus en plus fort. Je suis capable d'atteindre le premier la mamelle gorgée de lait et même d'écarter ceux qui s'approchent en rampant. Je les repousse, je leur barre la route et, lorsque la tétine est vide, je me propulse de tout mon poids vers la suivante.

Je mange de plus en plus, je suis le plus grand et les autres se soumettent à moi, ils me cèdent. Chaque jour, sur le sol dur de notre nid, je m'exerce à me mettre debout, à me redresser sur mes petites pattes encore faibles et maladroites, à avancer et à reculer, à me laisser tomber et à me relever. Quand je n'y parviens pas, je pousse un cri aigu pour appeler ma mère ; elle me saisit par la peau du dos avec ses dents et elle m'attire jusqu'à elle.

Le besoin d'un sol ferme où apprendre à marcher

devient aussi pressant que le besoin de lumière dans mes yeux toujours fermés mais de plus en plus sensibles.

Et c'est là, sur le sol dur de notre nid, que j'ai senti pousser au bout de mes doigts des petites griffes encore bien fragiles mais qui se replient et, comme des ressorts, m'aident à me lever.

Ma mère me lèche, lave mon corps, ramasse avec sa langue toutes les saletés, les excréments, attrape les puces qui m'infligent de douloureuses morsures. Toilette après toilette, les conques de mes oreilles s'ouvrent. Un jour, tous les sons qui m'entourent arrivent jusqu'à moi. Le murmure de l'eau, le grincement de l'escalier, les coups sur les tuyaux des canalisations, les piaillements des petits rats, la rumeur lointaine de la rue, le miaulement nocturne d'un chat, une puissante cascade de bruissements, d'échos, de voix, de chuintements, de frémissements, de remuements.

Étourdi, j'écarte les pattes au fond de notre nid, je lève la tête et j'appelle au secours. Pour la première fois, j'entends nettement ma propre voix – un cri aigu, vibrant, perçant. Jusque-là je la percevais tout à fait différemment : étouffée, lointaine, et pourtant le bruit le plus fort, avec la voix de ma mère. Maintenant il me semble faible et dérisoire parmi la multitude de sons qui m'assaillent de toutes parts. La lumière qui traverse mes paupières reste un phénomène mystérieux, inexpliqué, incompréhensible. Tous les ratons cherchent désormais à atteindre ces taches d'un gris rougeâtre, ce qui cause bien du tracas à notre mère : elle doit veiller sans cesse et nous empêcher de ramper hors du trou. Ce n'est pas facile car nos extrémités prennent de plus en plus de force et nous sommes capables, par une reptation lente de mollusque, de nous mouvoir dans tout l'espace du nid. Alarmée, notre mère se couche devant la sortie pour nous barrer le chemin. Alors nous nous hissons sur son dos et nous nous rapprochons tant bien que mal de ce gris inconnu, attirant, qui tournoie de plus en plus vivement sous nos paupières. Plusieurs petits ont disparu et chacun d'entre nous a désormais une tétine pour lui tout seul, alors que le ventre de notre mère était auparavant le théâtre de bagarres incessantes, de bousculades et d'évictions.

Peut-être ma mère a-t-elle déchiré à belles dents ces quelques petits qui, hors du nid, s'étaient imprégnés d'une odeur étrangère, peut-être sont-ils morts de faim et d'épuisement à force d'être repoussés loin des mamelles, à moins que, s'étant aventurés dans le passage menant à la lumière, ils n'aient été attrapés par un chat ou volés par une autre femelle dépossédée de sa propre progéniture...

Il n'est plus resté dans le nid que quelques petits mâles et femelles agiles et impatients, supportant avec de plus en plus de difficulté leur cécité, leur faiblesse, leur impuissance, leur inaptitude.

Nous nous reconnaissons déjà entre nous à l'odeur et au contact de nos vibrisses, ces soies raides et sensibles qui poussent près de nos narines.

Les muscles des paupières, jusqu'à présent immobiles, commencent à se contracter, à bouger, à se tendre. J'essaie de les ouvrir, de les disjoindre, de les soulever.

Notre mère nous aide en frottant et en lavant le pourtour de nos yeux avec sa langue.

Aspiration à la lumière. Toutes nos forces tendues vers ce but : la lumière.

Je vois. Mes paupières s'ouvrent. Ce n'est d'abord qu'une fente étroite par où s'introduit une lueur diffuse. J'éprouve une sensation que je ne connaissais pas : la lumière révèle le relief du sol, l'intérieur du nid, le trou, les galeries qui partent dans toutes les directions. Je vois distinctement ce que je percevais jusqu'à présent par mon odorat, le frôlement de mes vibrisses, le contact de ma peau et de mes pattes. Tous les détails, les plis, les angles, les courbes, les arêtes, les ondulations, les éminences, les saillies, acquièrent une autre dimension. Car une forme perçue par l'œil diffère de ce qu'en révèle le toucher par son inépuisable richesse lumineuse. On ne peut pas s'imaginer la lumière tant qu'on ne l'a pas vue.

Je vois. Mes paupières continuent à s'ouvrir, elles glissent sur la surface convexe de l'œil. C'est alors que survient la plus grande découverte, celle de soi-même. Je scrute minutieusement ma propre anatomie : les griffes qui poussent au bout de mes doigts roses, mon dos que je distingue en tournant la tête, de même que ma queue finement annelée, le renflement des glandes sexuelles, le pelage sombre, duveteux et lustré de mon abdomen. J'examine les mamelles odorantes de ma mère, son ventre chaud et doux sous lequel on peut se cacher, ses dents puissantes qui me saisissent avec délicatesse par la peau du cou.

Tu es un petit rat qui habite dans un nid souterrain, gardé par ta mère qui te protège de dangers que tu ignores et que tu es bien incapable de prévoir.

Je ne sais pas encore ce que signifie la peur, je connais seulement la crainte d'avoir faim, qui survient dès que ma mère s'attarde trop longtemps hors du nid.

Il t'est arrivé plusieurs fois de rester couché sur le flanc, sans pouvoir atteindre les mamelles gonflées. Tu craignais alors de ne jamais les retrouver et lorsque, à son retour, ta mère t'attirait vers elle pour te nourrir, ton désir était aussitôt satisfait. A ta joie s'ajoutait bientôt l'assouvissement lorsque, indolent et repu, tu t'écartais de toi-même des douces tétines, jouissant de la tiédeur délicieuse du lait dans tes entrailles.

Je vois. Autour de moi, des surfaces noires, planes, concaves ou inclinées, trouées de corridors obscurs partant dans toutes les directions et où l'on ne se déplace que guidé par ses vibrisses. Tous se terminent de façon abrupte, par un mur. Seul l'orifice par où tombe une lueur brillante semble mener plus loin. Mais je ne sais pas encore où, et c'est justement cette incertitude qui me préoccupe et m'intrigue le plus. Cependant, ni mon père ni ma mère ne me laissent approcher de cette ouverture mystérieuse et lorsque, prenant mon élan, je fais une tentative pour sortir, ils me mordent les oreilles pour me punir et, me soulevant par la peau du dos, me ramènent au nid. J'en suis donc réduit à batifoler à l'intérieur, à explorer les couloirs aveugles, à jouer avec les autres ratons, à exercer mes dents sur une planche vermoulue.

La lumière m'attire sans cesse. Je veux connaître sa source, son essence, découvrir sa véritable nature.

Peu à peu, je commence à comprendre que son intensité variable, son éclat et sa couleur dépendent des événements qui se déroulent derrière le soupirail.

C'est parfois une clarté violente, blessant la vue, qui illumine tout l'espace intérieur, jusqu'aux murs qui vont se rétrécissant vers le haut. A d'autres moments, ce n'est qu'une lueur brumeuse et uniforme, tombant sous un autre angle. J'ai aussi observé des reflets changeants, syncopés, comme émanant d'une source palpitante. Mais le plus surprenant, c'est l'absence totale de lumière qui revient à intervalles réguliers. Jusqu'à présent, toutes mes tentatives pour sortir et aller étudier de plus près ces mystérieux phénomènes ont été déjouées par ma mère.

Quand au juste me suis-je mis à craindre la lumière ? La peur est venue plus tard. Je me suis d'abord montré soupçonneux, méfiant.

Un petit rat s'est enfui à l'extérieur. Or ma mère, qui d'habitude se précipite toujours après nous, cette fois ne bouge pas. Nerveuse, elle lève le museau, flaire, les moustaches frémissantes. De tout son corps elle obstrue le tunnel. Sa nervosité nous gagne, nous nous recroquevillons contre son flanc.

Des cris aigus résonnent au loin, un bruit de lutte,

un miaulement. Je sens une odeur étrangère, désagréable, celle qui a tant inquiété ma mère. Les cris ont cessé. J'attends le retour du rat, il ne revient pas. Ma mère nous serre contre son ventre, nous recouvre en rampant, étire son cou, renifle. Un chat a pénétré dans la cave par une vitre cassée de la fenêtre. Tapi derrière une bouche d'incendie, il guette, il a perçu notre présence. Mais nous, les petits rats agiles, nous ne savons rien de lui, nous ne devinons pas le danger qui nous menace, nous n'associons pas la disparition du jeune rat à l'odeur du chat. Ce qui nous trouble, c'est seulement le comportement de notre mère, sa nervosité, le goût aigre qu'a pris son lait, d'ordinaire si suave. Mais la lumière nous attire toujours. Nous faisons donc de nouvelles tentatives de sortie, ignorant tout de l'existence des ennemis, du poison, des pièges, de la mort, ignorant la possibilité même de la mort.

Je suis de plus en plus fort, de plus en plus grand, de plus en plus leste. Tout près, derrière la mince cloison de la cave, s'étend un autre monde, une autre réalité, nouvelle. C'est de là que nos parents rapportent la nourriture, de là que vient notre père, à qui ma mère permet déjà de passer la nuit dans notre nid. Il faut sortir, il faut absolument sortir. Le chat s'approche souvent à pas de velours, il reste tapi dans la cave. Ma mère tremble de peur et nous nous blottissons sous son ventre. Un autre petit rat imprudent ne tarde pas à se faire dévorer.

Les hommes posent une nouvelle vitre et le chat ne peut plus entrer.

Ma mère me conduit tout droit dans la lumière. Le rayon qui tombe de l'ouverture, là-haut, frappe ma pupille, m'aveugle. Je reste assis à l'entrée, dans un cercle de clarté. Je découvre que la lumière, outre son éclat, apporte la chaleur. Pendant un long moment je savoure ce rayonnement tiède. Mais la tache de lumière crue disparaît soudain, revient, disparaît encore, se déplace. Nous courons à présent dans la cave, escaladons maladroitement les morceaux de charbon entassés, glissons jusqu'en bas, tombons puis repartons à l'assaut, nous précipitant les uns sur les autres. L'eau glougloute dans la bouche d'incendie. Ma mère s'approche d'une grande plaque, se glisse dessous. Je la suis avec précaution. L'eau brille dans l'obscurité. Ma mère se penche et boit. Un petit rat imprudent saute tout droit dans l'eau. Affolé, il piaille, agite ses pattes, essaie de nager. Notre mère l'attrape par le dos avec ses dents et le ramène au sec. La cave est spacieuse, j'en fais plusieurs fois le tour en courant. Si l'on rampe sous la porte, on peut passer de l'autre côté. Maintenant que je sais par où arrive la lumière, je dois découvrir ce qu'il y a là-bas, au-delà de cette porte, dans ce royaume de ténèbres d'où viennent les hommes. Des pas dans l'escalier. Ma mère m'attrape et m'emporte vers notre trou. Les autres ratons suivent. A présent nous écoutons attentivement les bruits de la cave.

Je connais celui de la clé. En revanche, le grincement des charnières des fenêtres est nouveau pour moi. Un air froid, humide pénètre dans le nid. Je remue les narines. Beaucoup de sons inconnus s'introduisent de force dans mes oreilles. Le fracas du charbon qu'on déverse dans la cave les couvre tous. Il me vrille les tympans, fait exploser mon crâne. Une poussière étouffante remplit le nid.

Effrayé, je cours en tous sens comme les autres ratons. Pour finir, je me blottis contre la paroi froide, tout au fond du couloir aveugle. Ma mère garde son calme ; ce fracas lui est manifestement familier ; elle veille à ce que, dans notre panique, nous ne tombions pas du nid.

Cliquètement de pelles. Des masses de charbon se répandent au sol. La poussière retombe. Les hommes quittent la cave. La clé grince. Silence, silence soudain. Ma mère pointe le nez au-dehors avec prudence, remue les moustaches, aspire l'air. Elle vérifie qu'il n'y a plus de danger, que les hommes sont bien partis. Nous nous pressons derrière sa longue queue dénudée. Enfin, elle nous emmène à la surface. La lumière qui entrait dans la cave par la petite fenêtre couverte de crasse s'est déplacée sous la porte.

Je distingue déjà le jour de la nuit. Je distingue la lumière liée à la présence de l'homme de celle qui entre par les fenêtres. Je sais qu'au-delà des limites du nid, au-delà des murs de la maison où je suis né, s'étend un monde inconnu. Je le reconnais aux ombres qui troublent la clarté où baigne la cave, à l'odeur de mon père et de ma mère quand ils reviennent du dehors, aux effluves qui pénètrent par les portes et les fenêtres ouvertes, aux bruits transmis par les tuyaux des canalisations – murmures, échos, cris aigus, grincements, crissements, cliquetis.

Des rats inconnus s'introduisent dans la cave, leur odeur est à la fois semblable à la nôtre et différente. Ma mère les chasse et les mord. Les rats étrangers apportent l'odeur de leurs nids, des lieux où ils sont passés, de leur propre tribu. J'essaie de m'enfuir avec eux, de les suivre. J'atteins la porte de la cave, mais ma mère me fait reculer et me ramène furieux au nid.

Les jours succèdent aux jours, les nuits aux nuits. Ma curiosité devient impérieuse, le besoin de quitter la cave, d'aller voir plus loin, m'attire vers la fente sous la porte. Tous les petits rats sont agités, excités. De plus en plus souvent, nous simulons des combats, avec des assaillants et des fuyards. Nous nous repoussons à coups de patte, nous nous griffons, nous nous culbutons, nous nous mordons les oreilles, le nez, la queue, le ventre. Nous apprenons le goût du sang, un goût extraordinaire, qui étourdit, le goût de la chair de souris, et celui d'un oiseau vivant que notre père a rapporté.

Le plus petit et le plus faible des ratons se sauve en se faufilant sous la porte de la cave. Il revient barbouillé d'un liquide qui sent très fort et qui neutralise son odeur naturelle de rat, celle qui nous permet de nous reconnaître entre nous. Il est devenu un autre, un étranger. A présent nous gagnons de l'expérience en nous attaquant au plus chétif et au plus faible d'entre nous. Des dents pointues l'atteignent à l'œil. Aveuglé, il se cache dans un coin. Sa peau sera bientôt couverte de plaies, de sang coagulé, de croûtes. Nous le mordons, nous le chassons, nous le griffons comme s'il n'était pas des nôtres. Notre mère ne le défend pas, ne lui permet même pas de se réfugier sous son ventre.

Au terme de la poursuite, le raton ensanglanté s'en ira crever entre les morceaux de charbon.

La cave devient de plus en plus exiguë, je décide de m'en échapper dès que possible.

Je m'éloigne en longeant le mur dont le crépi ridé s'effrite. Des parfums lointains m'appellent, des souffles légers venus d'un monde inconnu, des bouffées d'un air différent. Au début, j'avance très prudemment, comme si des dangers me menaçaient de toutes parts, comme si chaque tache grise, chaque toile d'araignée, chaque saillie, chaque angle du mur dissimulaient un ennemi inconnu. J'ai peur de tout ce que j'ignore. Une araignée rapide croise mon chemin, je la touche du bout de mes vibrisses, elle se recroqueville aussitôt, s'immobilise, se change en une motte de terre. Sa peur me réconforte. Elle est plus terrifiée que moi, plus faible, plus délicate, plus fragile... Un mouvement de mes incisives suffirait à lui ôter la vie. Non, ce n'est pas nécessaire. J'ai déjà vu ma mère éviter des mottes grises et immobiles, semblables à celle-ci. Elles sont probablement indigestes, ou insipides.

J'abandonne l'araignée inerte et, avec un regain d'audace, je m'élance en avant. Je me glisse entre le mur et la canalisation enrobée d'étoupe. Soudain, je distingue un murmure lointain et qui s'enfle, comme si quelque chose fonçait sur moi à toute allure. C'est à l'intérieur du tuyau que résonnent ces bruits stridents, tandis qu'un torrent puissant se rue en hurlant et en sifflant au-dessus de ma tête.

Je me blottis vivement contre le mur, comme si un danger véritable me menaçait. Les sons me transpercent puis s'éloignent, s'éteignent. L'espace d'un instant, j'ai éprouvé une envie panique de m'enfuir.

La peur se dissipe presque aussitôt et je poursuis mon chemin. A présent je sens très nettement un souffle frais. Il vient de là-bas, du passage qui se dessine à l'horizon sous la forme d'un carré plus clair. Je m'arrête un moment, je regarde autour de moi, puis je repars. Mes narines enregistrent un courant d'air plus froid qui apporte des parfums tout à fait nouveaux, délicieux, savoureux. Soudain, des dents pointues agrippent mon dos. C'est ma mère, qui me tient fermement par la peau, me soulève et me retourne. Je pousse des petits sifflements de colère. Mes jambes battent l'air, ma queue balaie le plancher. Elle a décidé qu'il était encore trop tôt pour que je me lance dans des expéditions solitaires. Je tourne la tête et j'essaie d'attraper son oreille du bout de mes dents.

Nous rentrons. Ma mère s'arrête comme si elle avait flairé un danger au milieu des chocs sourds, des vibrations, des échos venus d'en haut.

Un frôlement rythmé, encore lointain. Il grossit et se rapproche. Ma mère recule entre le mur et le faisceau de tuyaux étroits.

La porte s'ouvre en grinçant et la lumière inonde la pièce jusqu'au plafond constellé de toiles d'araignées. Le brusque souffle d'air chaud effraie ma mère qui s'enfonce presque dans le mur. Elle me dépose sur le béton, devant elle, sans relâcher la pression de ses dents.

Des hommes transportent une grande caisse en bois. Leurs halètements et leurs chuchotements confus m'effraient. Je piaille de peur. Ma mère me lâche et en rampant me dissimule sous son corps. Elle me recouvre, étouffe tous les sons. Elle transpire et son odeur devient différente, inquiétante. Le bruissement de son sang s'est modifié lui aussi ; il est plus rapide, plus fébrile, comme si ses veines allaient éclater.

Le danger qui nous menace vient manifestement de ces masses de chair glougloutantes et essoufflées.

Ils posent la caisse devant la porte de la cave où se trouve l'entrée du trou. Ils la laissent grande ouverte et la bloquent avec un poids de fer pour qu'elle ne se referme pas. Je sors la tête, je veux voir.

Mais ma mère me repousse impatiemment sous son ventre. Le chemin du trou est barré.

A ce moment résonnent dans l'escalier une nouvelle série de grondements. Ce sont d'autres hommes chargés d'une caisse. Grincements, cris, halètements.

Des hommes. Ce sont des hommes – nos pires ennemis. Ils posent la caisse juste à côté de nous. C'est la première fois que j'en vois, la première fois que je sens leur odeur, la première fois que je suis si près d'eux. J'entends le battement sourd de leurs cœurs d'homme. Les effluves acides de leur sueur emplissent la cave.

Ils sont là, bruyants, difformes, qui se déplacent sur leurs appendices articulés, avec leur tête ronde dressée, raide, ils émettent des bredouillements, des sons sifflants. Ma mère, très nerveuse, me saisit à nouveau par la peau du dos. Elle se retourne et détale en direction des canalisations.

Pour cette fois, nous sommes saufs. Tapis entre les conduits entourés d'étoupe et enduits de plâtre, nous nous sentons un peu plus en sécurité. Le sang de ma mère circule plus lentement, il a presque retrouvé son rythme normal. Et pourtant ils sont toujours là, menaçants ; nous percevons leur présence irritante, les effluves et la lumière qu'ils ont apportés avec eux. Nous sommes encerclés. L'espace découvert, en haut, entre les tuyaux et le mur, n'est pas une cachette sûre.

Les narines de ma mère frémissent. Chaque homme a une odeur à lui, différente de celle des autres. Je m'en rends compte quand ils passent à côté de nous.

Elle a pu tirer beaucoup de conclusions de ces odeurs, mais à l'époque je ne le sais pas encore.

Nous restons toujours immobiles, recroquevillés dans une petite niche entre les tuyaux qui gargouillent et le mur qui à cet endroit ne présente pas la moindre anfractuosité. Nous attendons que les hommes quittent la cave, ferment la porte, éteignent la lumière et s'en aillent.

A nouveau, ma mère rampe sur moi, me couvre de tout son corps comme si elle craignait que je ne me mette à couiner ou que, poussé par la curiosité, je ne pointe le nez au-dehors.

Enfin les hommes s'en vont, claquent la porte, tournent des clés dans les serrures qui grincent. Le dernier à partir émet une série de sons qui se combinent en une suite rythmée.

La lumière s'éteint. Les pas lourds dans l'escalier s'éloignent. Le danger est passé. Ma mère se calme. Elle me saisit par le cou avec ses dents et m'emporte tout droit dans notre trou. Elle ne me lâche qu'au fond du nid, où mes frères et sœurs inquiets me flairent avec un immense intérêt.

Le danger a aiguisé ma faim. Je me jette avec avidité sur les restes de poisson apportés par ma mère.

Dans le nid silencieux, on se sent en sécurité, au calme et au chaud – ce sera vrai de tous les nids que tu construiras plus tard.

Cette première rencontre avec les hommes t'a troublé, irrité, effrayé. Tu sais déjà que le destin du rat est inextricablement lié à celui de l'homme. Un lien indissoluble et permanent. Tu ne pourras pas éviter le contact avec les hommes.

Ces montagnes de chair haletantes, sifflantes et gloussantes qui se balancent et titubent sur leurs deux jambes suscitent chez toi une peur panique. Cette peur t'est nécessaire, elle assurera ta défense et ton salut. Apprends donc à avoir peur. Apprends la fuite, quand la terreur décuple les forces. Ensuite, tu apprendras la haine et le meurtre.

Depuis le dernier incident, ma mère nous surveille sans relâche. Pour s'endormir, elle se couche près de la sortie, son corps bloquant l'accès au trou, et quand l'un de nous réussit malgré tout à s'échapper, elle le rattrape par la queue et le tire en arrière.

Mon père nous apporte des têtes de poisson aux yeux globuleux, des boyaux de poulet, des tranches de pain à moitié mangées, des débris de viande.

Mais cela ne suffit pas. Nous grandissons et il nous faut de plus en plus de nourriture. Bien que nos incisives s'appliquent à broyer jusqu'au bout tout ce qu'apporte notre père, nous commençons à connaître la faim. Dans le même temps, notre mère se met à nous traiter différemment, elle ne nous laisse plus téter et chaque tentative pour approcher ses mamelles remplies de lait se solde par une morsure douloureuse au nez, à l'oreille ou à la queue.

Mon père est revenu au nid avec une souris. Je me souviens encore de son petit cri aigu, beaucoup plus faible que celui d'un rat. Il tenait sans doute à ce qu'elle arrive au nid vivante, car il la portait avec précaution, comme s'il se fût agi de son propre enfant. Terrorisée et malmenée par nous, elle a essayé de s'échapper, de fuir, de se réfugier dans un endroit inaccessible. Elle courait, sautait, grimpait aux parois et enfin, comprenant que la seule issue était barrée par notre mère, elle a tenté de forcer l'obstacle. Prenant son élan contre la paroi opposée, elle a rebondi comme une balle sur le dos de ma mère qui, d'un coup de dent rapide comme l'éclair, lui a tranché la gorge. Et la voilà maintenant qui boit le sang de la souris agonisante, tandis que nous nous remplissons les narines de ce fumet inconnu. Et soudain nous nous précipitons, nous repoussons ma mère et dévorons à pleines dents.

Je me souviens parfaitement de cette première fois où j'ai senti le goût d'une chair tout juste privée de vie, la chaleur et la saveur particulière du sang tiède, encore fluide.

Notre père a apporté une autre créature vivante, un oiseau à l'aile cassée. Il le dépose avec précaution.

Affolé par l'obscurité et par les bruits, l'oiseau veut s'envoler, il sautille, il crie.

Nous nous approchons, affamés, nous reniflons la bestiole qui pépie, nous la tirons par les plumes, le bec et les griffes, nous mordons dans la fine couche de duvet.

Tu t'es tapi au pied du mur, la tête arrachée de l'oiseau entre tes dents. Tu la dévores tout entière, y compris les os et les cartilages. Le plus savoureux, c'est la substance délicate cachée à l'intérieur du crâne, ainsi que les yeux, remplis d'un liquide chaud, un peu salé.

Ainsi j'apprenais à tuer, toute ma vie j'ai appris à tuer.

Ma mère attendait déjà une nouvelle portée, elle cherchait donc à nous préparer le plus vite possible à mener une vie indépendante. Elle estimait sans doute que si nous savions tuer un oiseau blessé, nous serions également capables de nous débrouiller dans le mystérieux monde du dehors.

Et puis il y avait une autre explication à son changement d'attitude. Elle craignait que nous ne dévorions les petits ratons aveugles et maladroits qui n'allaient pas tarder à naître. Beaucoup de rates manifestent cette angoisse, comme tu auras l'occasion de le constater par la suite. Aussi, de la même façon qu'elle nous avait interdit tout contact avec l'extérieur, elle nous chassait à présent du nid.

Ce changement d'humeur inattendu de la part de notre mère a décidé du destin futur de tout notre groupe, de la vie et de la mort de chacun d'entre nous.

Nous sommes partis, une petite femelle et moi, en quête de nourriture. La faim nous tenaillait et nous savions que trouver de quoi manger équivalait à survivre. Nous ne comptions plus sur notre mère. Elle nous repoussait, et même elle nous mordait.

Mais voilà que nos narines décèlent des effluves savoureux, prometteurs, qui viennent du dehors. A côté de ces parfums exquis, les cafards et les scolopendres, seule nourriture accessible dans les caves, paraissent bien insipides et monotones.

Nous avons déjà atteint le tuyau bruissant près duquel, il n'y a pas si longtemps, j'ai vécu ma première rencontre avec les hommes. Au-delà commence l'inconnu, un espace tout rempli de mystères.

La lumière qui tombe là, crue, pénétrante, agressive, nous fascine. Dans notre cave ne se faufilaient que de maigres rayons très pâles, à travers une étroite fenêtre barbouillée de peinture, crasseuse et couverte de toiles d'araignées. Nous voilà arrivés à l'extrémité du tuyau enveloppé d'étoupe, qui disparaît ici dans le mur. Le terrain devient très incommode, car plus rien ne nous dissimule.

La petite femelle avance bravement, et je la suis, le nez contre sa queue. De temps en temps nous levons la tête, regardons autour de nous.

Les rayons qui tombent de la fenêtre dessinent des taches de lumière bien nettes sur le mur. L'atmosphère est agréable, chaude et gaie.

C'est justement de là-bas, de cette petite fenêtre à demi cassée, que parviennent ces odeurs alléchantes. Il faut l'atteindre, escalader le tas de vieilles briques déposées à cet endroit. Au-dessus s'empilent les boîtes et les sacs vides. Le parfum délicieux et pénétrant du pain frais nous enivre.

Il entre par là avec la lumière. Comme s'il lui était associé, consubstantiel.

Les flancs creux de la petite femelle affamée palpitent. De ses gencives coule une salive épaisse. Ma faim est décuplée, la sensation devient douloureuse. Les mâchoires remuent, les dents se serrent, grincent. La petite femelle a déjà atteint l'ouverture, elle disparaît sur le rebord de la fenêtre, très haut audessus du sol. Je la suis et je m'apprête à sauter en bas quand soudain des sons sifflants, des gloussements m'arrêtent net. Des hommes, il y a des hommes. Je me colle contre l'embrasure.

Une lumière agressive tombe dans la cour pavée de dalles grises. Une lumière pénible, aveuglante, dénonciatrice. Je distingue au-dessus des toits le ciel clair, mat et le disque du soleil qui blesse la vue.

La petite femelle, tout éblouie, tourne dans la cour

en béton, cherchant une cachette, n'importe laquelle, un trou, un recoin.

Devant la porte ouverte d'une boulangerie, des gens debout gesticulent, pointent le doigt, sifflent, émettent des bredouillements informes.

La petite rate est énervée, désorientée, aveuglée. Elle pourrait très facilement se glisser sous la porte qui ferme la cour du côté de la rue.

Mais c'est de là que vient l'horrible vacarme des voitures, des pas, des conversations. Aussi recule-t-elle avant même d'avoir atteint la fente entre le panneau de fer de la porte et le béton.

Dans la cour, il y a des poubelles. Elle essaie de se cacher derrière l'une d'entre elles. Un homme en blouse blanche s'approche et donne un coup de pied dans le container en tôle. Effrayée, la petite rate sort de sa cachette et détale vers la pompe, au milieu de la cour. L'orifice d'écoulement se trouve dans un petit creux, mais il est fermé par une épaisse plaque grillagée.

La rate, apercevant de loin cette surface brune, a dû croire qu'elle pourrait se glisser à l'intérieur.

Elle se presse contre la plaque dure, elle mord, elle griffe, elle enfonce son museau dans les trous. En vain. Le passage est bouché, l'accès impossible. A travers les trous, elle distingue l'obscurité humide de l'égout, un monde familier, connu, rassurant.

Un homme approche, débraillé, la blouse flottant au vent, bruissante. De son bonnet dépassent de longs cheveux blonds. Il ricane, piaille, halète, émet des sifflements et des gloussements.

Il approche encore. La petite femelle se blesse les

gencives contre le métal, elle saute, elle se tapit, elle tremble de peur.

L'homme est tout près, il tient dans la main une bouilloire fumante.

Il la soulève, très haut, le soleil se reflète dans l'aluminium comme dans un miroir.

Les sons deviennent de plus en plus forts. Un torrent d'eau bouillante se déverse sur le dos de la petite femelle. Elle essaie de fuir. En vain. La voilà qui tombe, culbute, s'enroule sur elle-même, se tord. L'eau ruisselle sur son ventre. Un cri perçant, qui vrille les oreilles. Un flot d'eau lui pénètre dans les narines. Le cri faiblit, s'éteint. L'homme pousse la rate avec son pied, se penche, vérifie. Il la saisit par le bout de la queue, entre deux doigts, et l'emporte vers la poubelle.

Il soulève le couvercle et la jette dedans. Je me retourne, je rampe sur le sol froid, je fuis. Vers le nid, le trou, les ténèbres.

Je comprends la peur de ma mère, je sais que les hommes sont redoutables, qu'il faut les craindre toujours et partout. Les fuir, toujours et partout.

Elle dort. J'entre en rampant avec précaution dans le nid et j'entreprends de grignoter un reste de croûte de pain. Cette fois-ci elle ne me chasse pas, elle me tolère. Son ventre énorme, ballonné, remue à chaque respiration. La prochaine portée de rats s'apprête à venir au monde.

Depuis longtemps déjà, ma mère accumule des morceaux de coton, des lambeaux de chiffons, du papier journal, des bouts de ficelle. Elle aménage le nid pour la génération nouvelle.

Mon père a rapporté un poisson desséché comme un os. Lorsque j'essaie de m'approcher de cette nourriture odorante, il se précipite sur moi et me mord cruellement au cou. Je fais un bond de côté. Il ne me reste plus qu'à m'enfuir, à quitter le nid le plus vite possible. Et me revoilà sur le dallage de béton de la cave. La lueur qui filtre des petites vitres opaques commence à faiblir. La nuit tombe. J'attends, au milieu d'un tas de caisses disloquées, que l'obscurité soit complète.

Ça y est. Infailliblement guidé par mes vibrisses, qui se dressent de part et d'autre de mon museau, je reprends le chemin que j'ai suivi tout à l'heure avec la petite femelle.

La cour est éclairée par un réverbère nimbé de brouillard. Je me glisse avec précaution par la fenêtre de la cave, et j'atterris sur le pavé. Je comprends maintenant pourquoi la jeune femelle a été si désorientée. La cour ressemble à une immense cuvette, elle forme un creux et le mur, du côté de la cave, est légèrement surélevé. Lorsqu'on est au fond, à hauteur de rat, on ne voit pas le passage sous la porte, le briquetage vermoulu sur la paroi de gauche, le large orifice de la gouttière, aucun des endroits susceptibles d'offrir une cachette. Je fais le tour de la cour, examinant chaque recoin. De son centre, là où est morte la petite femelle, je ne distingue que les couvercles des poubelles en tôle et la pompe qui se détache sur le mur.

Venant du container où l'on a jeté la jeune rate, on entend un grincement étouffé de dents rongeant un os.

Je grimpe en hâte sur le couvercle rabattu. J'ai faim, j'ai tout le temps faim.

La poubelle est remplie de déchets de toutes sortes : petits cartons vides, boîtes de conserve, papiers, os, peaux de banane et d'orange, chiffons, pelures, cheveux, trognons.

Je mange quelques miettes de pain sec et je m'aventure plus profond. Le bruit de mâchoires en action est de plus en plus net.

La petite rate devrait se trouver quelque part par là.

Je me faufile encore un peu plus loin. Tout au fond, un énorme vieux rat est en train d'engloutir les viscères de la petite femelle. Je m'approche prudemment. J'entends grincer les dents puissantes. Au lieu de me chasser, il me renifle attentivement, m'effleure de ses moustaches, me scrute, m'examine. Je fais de même, prêt à prendre la fuite à la première alerte. Mais il ne m'attaque pas et me permet au contraire de me joindre à lui. La chair de la petite rate est délicate et savoureuse.

Nous la dévorons tout entière, ne laissant que les poils et quelques débris d'os.

Me voilà enfin rassasié, le ventre plein et lourd.

Le vieux rat se fraie un chemin vers la surface, à travers de grosses boules de papier qui bruissent. Je le suis.

Au-dessus de la cour brille la lune. Dressé sur mes pattes de derrière, en appui sur ma queue, je lève la tête et je contemple longuement le disque éblouissant. Le vieux rat se désaltère en buvant l'eau qui goutte de la pompe.

Soudain, une ombre silencieuse voile un instant la lune. Elle tourne au-dessus de nous, puis descend en piqué. Le vieux rat se plaque contre le sol. Sentant le danger, je me rue vers la poubelle. Un énorme hibou m'effleure de ses ailes.

Il a de grands yeux perçants et des serres recourbées. D'un bond, le vieux rat m'a rejoint. L'oiseau nocturne pousse un cri strident et s'envole dans la nuit. Il tourne encore un moment au-dessus de la cour. Puis s'éloigne.

Nous voilà dans la rue. Longeant le caniveau, je me faufile dans l'ombre, tout contre la bordure du trottoir, et j'aspire l'odeur du pavé froid et humide.

Le vieux rat paraît aimer les longues flâneries. Je le suis, effleurant régulièrement le bout de sa queue avec mes vibrisses.

J'essaie de fixer l'itinéraire dans ma mémoire car je veux pouvoir retourner dans ma cave.

Le vieux rat traverse en courant la chaussée. Sur le trottoir opposé, je vois des hommes. Il semble ignorer leur présence, il reste calme, indifférent, sûr de lui. Il s'arrête près de la bordure, tout près des gens qui sont debout là. Sa silhouette se confond avec la pierre. Les pavés carrés luisent dans la clarté des hauts réverbères, et sur ce fond le pelage mat du vieux rat est presque invisible.

Je me hâte de franchir la chaussée à mon tour.

Dans la longue perspective de la rue, j'aperçois une lumière qui se dirige vers nous. Accompagnée d'un bruit aigu, un vrombissement sonore. Le vieux rat ne manifeste aucune inquiétude. Il continue à progresser le long du caniveau comme s'il ne percevait pas la lueur, le grondement croissants.

Je me terre sous un lambeau de papier gras. A côté de nous, une voiture passe à grande vitesse, munie de phares puissants.

C'est la première que je rencontre sur mon chemin. Je suis à peine remis de mon émotion qu'une deuxième arrive, puis une autre, et une autre encore. A moitié étourdi, je sors de ma cachette. Les voitures sont passées, la rue est calme. Le vieux rat s'est abrité dans une anfractuosité, entre le trottoir et une bouche d'égout. Assis sur ses pattes de derrière, il ronge une peau de saucisson trouvée un instant plus tôt. Maintenant seulement, je sens l'odeur des friandises accumulées à cet endroit : couennes, pain détrempé, banane pourrie, trognons de pomme.

J'ai faim, beaucoup de temps s'est écoulé depuis mon dernier repas. Je m'assieds à côté du vieux rat et je mange, je mange, je mange – jusqu'à ce que je me sente de nouveau rassasié.

Je suis dans les égouts. Le temps s'écoule imperceptiblement, tels ces ruisseaux noirs d'eaux usées charriant des déchets. Une lueur blafarde, semblable à celle qui règne dans notre cave, suinte d'en haut, des bouches d'accès rondes et des petits puits grillagés.

Le vieux rat m'a fait entrer ici par une fente entre le cadre métallique d'un regard et la dalle de pierre.

Des couloirs creusés dans la terre courent sous toutes les rues, sous les trottoirs et les chaussées, dans toutes les directions. Ils montent et descendent en pente douce ou abrupte, entre les parois des égouts et la surface, sur plusieurs niveaux, sous les pavés, les parquets, les dalles de béton, sous les cours et les garages, les ateliers et les caves, dessinant un labyrinthe immense et complexe où logent des hordes de rats.

Tout cet univers, cet univers merveilleux qui est le mien, est consumé en permanence par une obsession fébrile : se nourrir, manger, dévorer, engloutir, déchiqueter, attaquer, mordre, tuer, anéantir le plus faible, le plus petit, celui qui ne peut se défendre, l'autre, l'étranger, qui exhale une odeur insupportable.

Escorté du vieux rat, flanc contre flanc, je visite un monde dont je pressentais déjà l'existence lorsque je me suis lancé dans mon premier voyage le long de la conduite d'eau, impatient de quitter le nid et d'explorer la cave pour mon propre compte.

Et bien que la peur me serre la gorge chaque fois que des rats se ruent droit sur moi dans leur course meurtrière ou que je tombe sur le cadavre d'un étranger tué d'un coup de dents, je me sens ici dans mon élément, à ma place, chez moi.

Le vieux rat s'oriente parfaitement dans l'immense labyrinthe, il suit des chemins qui lui sont familiers, vers des buts qu'il connaît.

Il ne me guide pas, il me permet seulement de le suivre, me tolère à son côté ou derrière lui. Je m'en suis convaincu la fois où j'ai essayé de le devancer. Il m'a mordu de toutes ses forces à la base de la queue, et si je n'avais pas reculé il m'aurait très certainement dévoré. Je suis donc resté en arrière, avec ma queue ensanglantée et, devant moi, la courbe de son dos puissant.

Je me fais discret et me contente de lui emboîter le pas ; soumis à sa volonté, je m'en remets à lui...

Dans un vaste lit coule un ruisseau d'eaux usées. Le vieux rat trottine sur le bord. Soudain il s'arrête, se penche au-dessus de l'eau, et plonge. Le courant s'empare de lui, l'entraîne. Je saute à mon tour. L'eau pénètre dans mes oreilles, mes yeux et mes narines. Elle a un goût agréable, à la fois salé et acide, et une odeur d'urine diluée. Instinctivement je remue les pattes, je nage. La tête du vieux rat se détache, très nette, sur la surface ridée de l'eau.

Ayant atteint l'autre rive, il s'accroche avec ses griffes à la paroi rugueuse et saute à terre. Il s'ébroue avec tant de vigueur que je reçois des gouttelettes dans les yeux.

Je dois rassembler toutes mes forces pour lutter contre le courant puissant qui m'attire au milieu du canal. J'agite frénétiquement les pattes et je m'efforce de maintenir ma tête hors de l'eau pour ne pas avoir le museau inondé. Bientôt j'atteindrai le mur opposé, presque au même endroit que le vieux rat. Je m'accroche avec les griffes de mes pattes de devant et de derrière et j'essaie de me hisser sur la berge. Ma première tentative ayant échoué, je retombe à l'eau et tente de planter mes griffes dans les anfractuosités du mur. Je tends mes muscles et, cette fois, le saut est parfait. L'eau ruisselle sur mon pelage, je m'ébroue à plusieurs reprises. Le vieux rat s'est déjà remis en route. Je n'ai qu'à suivre les traces qu'il a laissées dans la couche de boue qui recouvre le sol. Je le retrouve au détour d'un couloir, en contemplation devant une petite pelote grise qui ressemble à un rat en miniature.

La souris tient dans sa gueule un gros ver blanc qui l'oblige à tenir la tête levée et à progresser dans cette position incommode. Toute à sa tâche, elle ne nous voit pas venir. Elle tire, pousse, jette en l'air le ver qui s'agite – il faut avancer, à tout prix. Juste à l'endroit où filtre une lumière blême, la souris entraîne sa proie en haut d'un éboulis de briques.

Les muscles de mon dos se tendent, je suis prêt à bondir. On dirait que le vieux rat a prévu mon excitation car il se retourne et ses moustaches effleurent mes narines. Entre-temps, la souris a atteint son but : une étroite lézarde dans l'arc de la voûte.

Un saut, et le vieux rat s'immobilise devant le trou d'où nous parviennent des petits cris aigus.

Un couloir abandonné par les rats est occupé à présent par des souris.

Le bruit témoigne de leur nombre. Le vieux rat se rue à l'intérieur de la brêche. Le couloir se ramifie et il faut bloquer tous les passages afin qu'aucune souris ne puisse s'échapper. Notre irruption sème la panique ; elles se jettent contre les murs, nous sautent par-dessus le dos.

Le vieux rat distribue des coups de dents meurtriers. Il suffit d'un claquement de mâchoires pour qu'une souris tombe, la gorge déchirée, la nuque broyée ou la colonne vertébrale brisée.

J'aperçois une femelle qui s'efforce de recouvrir de son corps des petites formes piaillantes. Terrifiée, elle tient entre ses dents un souriceau qui agite ses pattes. Un geste suffit : la femelle succombe, le larynx tranché net. Je tue aussi les petits. Mes dents déchirent la chair rose, délicate ; j'engloutis, je dévore.

Mes mouvements se perfectionnent, deviennent de plus en plus précis. Au début, tuer n'était pas si facile. Venir à bout d'une souris ou d'un oiseau exigeait de moi beaucoup de gestes inutiles. A présent, chacun de mes coups porte, je tue sans presque sentir de résistance.

Le vieux rat n'en reste pas là. Poursuivant ses investigations, il a flairé en face un autre nid dont l'entrée était camouflée par des lambeaux de papier journal. Les couinements aigus qui en proviennent attestent la présence d'une famille nombreuse.

Dans le trou mis à nu apparaît un jeune mâle qui traîne derrière lui ses pattes postérieures paralysées. Je lui romps l'échine.

Le vieux rat a rassemblé tous les cadavres au même endroit.

Ses dents les ont littéralement mis en pièces. Les miennes n'infligent pas encore de pareilles blessures, elles ne provoquent pas de tels ravages.

Rassasiés, nous quittons les lieux. A l'entrée du trou, des rats étrangers nous attendent, prêts à se glisser à l'intérieur, attirés par l'odeur du sang.

Le vieux rat passe à côté d'eux, impassible.

Nous nous aventurons de plus en plus loin, jusqu'à l'abattoir pour y boire du sang encore chaud, jusqu'aux magasins de blé et de farine, à la boulangerie, à la crémerie, aux dépôts d'ordures et aux décharges, aux écuries et aux porcheries.

Le vieux rat connaît les dépotoirs et les ruelles, il prévoit les dangers, m'avertit de la présence d'un nid de guêpes ou de bourdons, de celle d'un renard qui approche à pas feutrés, d'une fouine ou d'une belette. Dans les garde-manger, il m'apprend comment atteindre le miel au fond d'une bouteille – en rongeant le bouchon puis en plongeant la queue à plusieurs reprises. Il évolue avec assurance, conscient de la force de ses dents puissantes, qui poussent rapidement. Grâce à elles, il peut soulever le couvercle de métal d'un pot de saindoux odorant, ronger la boîte de conserve remplie de viande, couper la ficelle à laquelle est suspendu un jambon fumé.

Le vieux rat prend soin de ses dents. Empruntant un couloir obscur creusé par nos semblables, nous progressons vers la surface. J'entends le tintamarre lointain du tramway, la rumeur de la foule. Nous longeons une surface de béton. A la jointure entre deux dalles, le béton s'est effrité. Nous nous introduisons de force à l'intérieur, avec précaution pour ne pas nous blesser le ventre contre les barres nues des armatures d'acier. Là, dans un lit tapissé de couches de carton bitumé et de goudron, courent des câbles épais gainés de plomb. Des petites étincelles dansent à leur surface. Je distingue sur les câbles des traces de dents de rat, et le sol est jonché de rognures de métal.

A mon tour, je ronge des fragments de plomb que je recrache. Mes mâchoires s'activent en cadence. La résistance du métal me met en rage, il faut que j'en vienne à bout, je cherche la meilleure position, j'attaque le câble avec mes dents, d'un côté, de l'autre. L'enveloppe de plomb cède enfin. Je tranche les fils fins qui se trouvent à l'intérieur. Les étincelles me brûlent les gencives, j'arrête. Nous rentrons.

Malgré son corps épais, son pelage gris qui se raréfie sur le dos et les flancs, ses oreilles balafrées évoquant quelque champignon effiloché, sa queue glabre cassée et tronquée, le vieux rat n'a rien perdu de son agilité, de sa ruse, de sa force et de sa prudence.

En restant avec lui, j'ai observé discrètement son savoir-faire et je m'en suis imprégné, j'ai pris conscience des dangers, j'ai appris à prévoir. Les chats, les chiens, les serpents, les autours, les hiboux, les freux, les dents du cochon, les sabots des chevaux, ceux des vaches, leurs cornes, toutes les formes de piège, les poids de plomb qui vous tombent dessus, les têtes de poule et de poisson farcies de mort-aux-rats, le blé empoisonné, les liquides corrosifs et les gaz introduits dans les nids, la menace des hommes et des autres rats – tous les dangers possibles, le vieux rat les connaît, il en a fait l'expérience pendant toute sa longue vie, et il sait que malgré son bruit terrifiant une voiture est moins dangereuse qu'une chouette au vol silencieux ou un chat à la démarche feutrée.

Par terre, dans un coin de la cave, des gâteaux exhalent un parfum appétissant. Le vieux rat les flaire, s'éloigne, revient, les flaire à nouveau, mais ses dents n'y touchent pas.

Prenant de grandes précautions afin de ne pas effleurer leur surface avec ses poils, il les arrose de son urine et y dépose ses excréments pour bien signaler qu'ils ne sont pas comestibles.

Les caves voisines n'offrent rien à manger, rien que des gros tas de papier. Mais à divers endroits nous avons repéré des petits gâteaux disposés de la même façon et, dans un nid au fond d'une caisse tapissée de papier, les dépouilles de toute une famille de rats qui s'est malencontreusement régalée de friandises mortelles.

Nous avons trouvé ainsi beaucoup de nids de rats désertés, beaucoup de cadavres de souris en décomposition, et même un chat mort, tout raide.

Et nous nous sommes hâtés de quitter ce bâtiment parsemé d'appâts empoisonnés.

Une autre fois, j'ai découvert, piquée sur un fil d'acier, une tête de hareng saur au parfum délicieux. Le vieux rat, lui, se comportait comme si ces capiteux effluves ne parvenaient pas jusqu'à ses narines. Cela a calmé quelque peu mon élan, encore qu'une tête de poisson ruisselante de graisse exerçât sur mes sens une attraction irrésistible ; j'ai dû avaler la salive épaisse qui coulait dans ma gorge.

Le vieux rat allait passer son chemin comme si l'odorante friandise n'existait pas lorsque, juste à côté de nous, surgit un jeune mâle attiré par l'odeur, tout joyeux et bondissant.

Je le voyais déjà s'installer devant la proie savoureuse, plonger ses incisives dans la peau croquante, savourer chaque fibre de la chair délicate, gober les yeux figés, gélatineux, pour atteindre enfin la cervelle.

Non, me dis-je, je vais lui reprendre la tête de poisson. Je suis bien plus fort que lui. Et je fais demi-tour.

La tête est encore là, saillante sur son fil de fer recourbé. Le jeune rat s'approche. Fracas assourdissant. Un cylindre de métal vient de lui broyer l'échine. De sa gueule s'écoule un filet de sang. Sa queue est agitée de frissons convulsifs. C'est la fin. Je m'apprête à m'enfuir, quand le vieux rat se faufile à côté de moi et se dirige droit vers le hareng. Il se redresse, en appui sur sa queue, arrache la tête de poisson du fil de fer et, la tenant fermement entre ses dents, revient vers moi. Il n'y a plus dans le piège que le jeune mâle au dos brisé, du sang coagulé sur le museau. J'emboîte le pas au vieux rat, sur la trace du poisson fumé au délicieux parfum.

La ville offre de moins en moins de mystères. Je l'ai explorée dans ses moindres détails, maison après maison, rue après rue. Je sais où l'on rencontre le plus de chats, où les hiboux viennent le plus souvent chasser, je sais reconnaître les pièges sous l'appât appétissant et détecter la présence du poison. Je sais aussi que mon pelage constitue un camouflage des plus efficaces. Contre la surface sombre de la décharge, sur le pavé, dans le caniveau, sur le fond gris sale de la rue, je suis quasiment invisible.

Et c'est bien là ton avantage dans cette partie sans fin que tu joues avec le danger, dans ta guerre éternelle avec les hommes.

Le vieux rat n'appartient à aucune société de rats de ma ville, bien qu'il y vive déjà depuis longtemps, comme en témoignent sa parfaite connaissance du terrain et sa capacité à s'orienter sans se tromper dans tous les labyrinthes qu'elle recèle.

Son odeur a conservé sa spécificité, elle est différente de celles de toutes les familles de rats locales. Pourtant, son étrangeté ne suscite pas la nervosité, ne déclenche pas l'attaque. J'ai pu me convaincre à diverses reprises que le type d'odeur qu'exhale un rat décide de son destin.

Chaque tribu de rats reconnaît ses membres grâce à une odeur spécifique, qui n'appartient qu'à eux. Certaines familles sont extrêmement nombreuses et occupent un territoire très vaste, tout un quartier, parfois toute une ville. D'autres sont au contraire plus réduites, quelques individus à peine.

L'apparition d'un étranger éveille des émotions immédiates et son odeur différente provoque l'inquiétude. On ignore si cet intrus ne sera pas suivi d'autres, s'ils ne vont pas essayer de déloger les autochtones de leur terrain de chasse et de leurs nids, peut-être même les attaquer, les dévorer.

L'odeur d'un étranger témoigne déjà de ses intentions, elle indique s'il arrive seul ou s'il amène sa famille, en quête de nouveaux territoires.

En règle générale, le nouveau venu est immédiatement assailli par les rats indigènes. Parfois, l'attaque est seulement dissuasive, elle ne vise qu'à chasser l'intrus ; mais, le plus souvent, il sera tué et dévoré.

Il est très rare que des rats accueillent un étranger parmi eux et l'autorisent à fonder son propre nid, avec une femelle de l'endroit.

Le vieux rat, lui, voyage et vagabonde, passant d'un lieu à l'autre. Il ne se fixe pas, ne se lie durablement avec aucune femelle, n'élève pas de petits, ne se contente pas des itinéraires qu'il a déjà parcourus.

Les lieux qu'il connaît trop bien ne l'intéressent plus, lui deviennent indifférents, il s'y ennuie. Ce qui lui importe, c'est ce qui est neuf, inexploré, tout l'inconnu qui s'offre à lui. Autrement dit, une autre ville, un nouveau réseau de caves et de galeries, des risques inédits, des dédales surprenants.

Le vieux rat ne se contente pas de cette tranquillité que la plupart de ses congénères considèrent comme la base même de leur existence : la famille-refuge, le nid, la cave familière, le garde-manger rempli. Car les rats aiment la vie sédentaire, au cœur d'un labyrinthe bien connu et immuable, ne présentant ni incertitudes, ni dangers. Là, on sait toujours où chercher de quoi manger et quelle nourriture on trouvera aux diverses heures du jour. On a identifié aussi les menaces locales : les pièges, disposés plus ou moins dans les mêmes endroits, les chats paresseux, somnolant dans des cours ensoleillées, les chouettes qui tournoient dans l'air au crépuscule, les hommes, toujours les mêmes. Rien d'inattendu, aucune surprise. Ce genre d'existence semble à la plupart des rats le plus sûr, le plus facile, celui qui offre les meilleures chances de survie.

Mais il ne convient pas à tous. Certains préfèrent quitter leur famille, leur cave, les anciens chemins déjà foulés par les générations précédentes, et partir droit devant eux, vers l'aventure. La plupart de ces expéditions se soldent par une mort rapide – dès le premier pas hors de la zone connue. Seuls les rats les plus intelligents acquièrent de l'expérience et atteignent un âge avancé.

Le plus difficile est de quitter son propre nid, sa propre cave, l'existence qu'on menait jusqu'à présent.

Cette première sortie, qui est souvent la dernière, peut aussi se terminer par le retour du raton effrayé dans son nid d'origine, ou n'être qu'une étape avant d'autres tentatives, d'autres voyages, d'autres errances.

Marchant sur les traces du vieux rat, je scrute la pénombre de la cave qui nous entoure. Il s'arrête et commence sa longue toilette. Je m'installe contre le mur, assis sur mes pattes de derrière, et j'entreprends à mon tour de nettoyer ma fourrure.

Le vieux rat est passé maître dans l'art d'attraper les puces. J'entends ses dents claquer à plusieurs reprises. Il les traque sans merci. Usant de ses griffes, il les chasse d'abord de son dos, de sa tête et de son cou vers des endroits plus accessibles, où il les écrase l'une après l'autre entre ses dents. Hélas, je n'arrive pas à l'égaler dans cette tâche. Les puces détalent sous mon nez, plus rapides que moi. J'ai beau claquer des dents, c'est tout juste si j'en attrape quelques-unes.

Mais voilà que mon compagnon, occupé à lisser ses longues vibrisses, s'immobilise tout à coup. Il renifle, regarde autour de lui. Je n'y prête pas attention : je suis en train de me laver, de lécher mon pelage pour en enlever la saleté. Je mouille abondamment mes pattes de salive et je me frotte les yeux et les narines.

Le dos du vieux rat se redresse, son poil se hérisse, il signale un danger.

La cave semble pourtant confortable, chaude et hospitalière.

Interrompant ma toilette, je glisse un regard méfiant autour de moi. A une courte distance, juste à côté du mur, j'aperçois deux petites lueurs mates. Un chat.

Plusieurs fois déjà, nous avons dû fuir devant un chat. Mais jamais l'ennemi n'a été si près. Ses yeux brillent d'un éclat de plus en plus vif. Il s'apprête à bondir.

Où pourrions-nous nous échapper ? Toutes les portes latérales sont garnies de tôle solide et, dessous, on ne distingue pas la moindre fente par où se faufiler. Le sol de ciment est lisse, sans aucun trou, aucun orifice d'écoulement. Les parties du mur où s'enfoncent les canalisations d'eau et de gaz ont été recouvertes d'une couche fraîche de peinture à l'huile.

La petite fenêtre au bout du couloir est garnie d'un double carreau et d'une épaisse grille de métal.

Nous sommes donc pris au piège. La seule issue est barrée par le chat dont les yeux brillants semblent fixés sur le vieux rat.

Maîtrisant sa peur, celui-ci se dirige vers le mur opposé, très lentement, comme si aucun danger ne nous menaçait. Les yeux luisants ne le lâchent pas. Soudain, le rat s'élance droit devant lui et, d'un bond, atteint la petite fenêtre grillagée. Avec ses griffes, il s'accroche au filet de métal. Le chat se rue à sa poursuite. Il passe juste à côté de moi et je vois très nettement ses dents blanches, pointues et ses griffes sorties. S'il saute sur moi, je suis mort. Mais non.

Le vieux rat paraît susciter en lui une haine exceptionnelle.

Je détale.

Le chat saute en l'air. Prenant son élan, le rat jaillit de la grille, il vole sous le plafond, rebondit contre la surface lisse et tombe sur le dos du chat furieux. Bousculade, miaulements, cris aigus.

Le vieux rat saute de nouveau en direction du mur, le chat à ses trousses. Mais il a repris l'avantage : il a désormais une voie de retraite et, de surcroît, le chat n'est plus aussi sûr de sa supériorité qu'au moment de l'attaque.

A présent, le rat court dans ma direction. Il dégringole l'escalier pour gagner, à l'étage en dessous, un couloir presque identique. Mais ici, la petite fenêtre est dépourvue de grillage et un carreau cassé permet d'accéder à un toit plat et bas, juste au-dessus du niveau de la cour.

Le vieux rat court derrière moi, poursuivi par le chat. Je me laisse glisser le long d'un mur couvert de vigne vierge et me précipite dans un trou de rat. Je suis sauvé.

Sur le toit, le vieux rat s'est arrêté. Il se retourne et montre ses dents puissantes. Le chat s'immobilise, crache et miaule furieusement.

Les oreilles du vieux rat sont tout ensanglantées ; manifestement, les griffes ont atteint leur cible. Le chat, lui, a les narines déchirées et un œil qui cligne. Les adversaires sont maintenant face à face, ils se menacent mais redoutent l'affrontement final. Soudain, le rat émet un cri aigu comme s'il s'apprêtait à se jeter sur le chat. Celui-ci recule et l'autre en profite pour sauter du bord du toit dans la brèche qui s'ouvre entre l'auvent et la charpente du mur.

Un instant plus tard, ses moustaches m'effleurent. Alors seulement, je découvre que le chat lui a lacéré la peau du dos, qu'il lui a déchiré la conque de l'oreille et la paupière. Longeant le tuyau mangé de rouille, nous rejoignons les égouts familiers et paisibles. Le rat entreprend une longue et minutieuse toilette. Je le renifle avec attention. Son pelage a gardé l'odeur des pattes du chat. Je lèche une goutte de sang coagulé sur son oreille blessée.

Le vieux rat ne pénétrait jamais dans les nids de rats habités, par crainte d'une attaque ou d'un accès de fureur soudaine.

Sans doute le souvenir pénible d'une situation où il avait évité la mort de justesse le retenait-il. Il évitait également les lieux pourvus d'une seule entrée. S'il nous arrivait, fuyant un chat, une chouette ou une belette, de trouver refuge dans un endroit de ce genre, il manifestait toujours un grand énervement et quittait l'abri dangereux dès que la menace s'était dissipée.

C'est seulement plus tard, à la lumière de mes propres expériences, que j'ai compris la raison de cette peur.

Le vieux rat ne possédait pas de nid à lui, comme les autres, et ne paraissait pas avoir l'intention d'en fonder un. Son attitude vis-à-vis des femelles était elle aussi différente, à vrai dire il devait renoncer à les saillir. Généralement, les rats de son âge n'éprouvent plus de pulsions sexuelles. Mais son comportement n'obéissait pas à la règle commune.

Nous, les rats, nous formons des couples où chacune des parties se montre très jalouse, bien que j'aie connu des familles où toutes les femelles vivaient avec tous les mâles. D'ordinaire, le mâle est le plus jaloux et il chasse tout intrus qui s'approche.

Surtout à l'époque du rut, quand les femelles accueillent avec complaisance tous les mâles qui se présentent.

L'apparition du vieux rat venait perturber gravement ces habitudes et aboutissait souvent à des combats auxquels il m'est arrivé de participer.

Finalement, les rats autochtones l'emportaient et chassaient mon compagnon vers un autre égout ou vers les caves du bâtiment voisin. Il n'approchait donc une femelle qu'après avoir vérifié que son mâle n'était pas dans les parages.

J'avais atteint la maturité sexuelle et, lorsque le vieux mâle quittait la femelle qu'il venait de couvrir, j'essayais de prendre sa place. En général j'y parvenais ; toutefois certaines rates ne me laissaient pas approcher, elles me mordaient ou me repoussaient en me frappant avec leurs pattes de derrière.

Jusque-là, je n'avais connu que la petite femelle avec laquelle je vivais dans le nid, et je manquais d'expérience. A présent, je ressentais le besoin de posséder une femelle en permanence, mais rester toujours à côté du vieux rat me condamnait à des contacts occasionnels qui se terminaient le plus souvent par la fuite à travers les caves, les égouts et les décharges.

Il arrivait aussi que, lorsque ses tentatives auprès d'une femelle avaient échoué, le vieux rat monte sur mon dos, referme ses dents sur la peau de mon cou, enserre fortement mes flancs entre ses pattes, et assouvisse ses instincts de cette manière. Remplir la fonction d'une femelle me convenait d'autant moins que, si j'essayais d'inverser les rôles, il me jetait à bas de son dos et me mordait cruellement.

Les mâles autochtones, qui au début toléraient le vieux rat, devinrent beaucoup plus méfiants à son égard, et même agressifs, quand il se mit à monter leurs femelles. Il faillit plus d'une fois être mis en pièces par des mâles en fureur. Mais bien que je fusse avec lui tout le temps, mon odeur devait leur être suffisamment familière car ils ne s'en prenaient pas à moi, du moins dans un premier temps. Le vieux rat, quant à lui, découragé par les échecs et les difficultés, m'étreignait de plus en plus souvent avec ses pattes et satisfaisait ainsi ses besoins, me transmettant son odeur.

Parmi les mâles qui attaquent le vieux rat, je reconnais mon père. Il a eu jadis une patte cassée et sa claudication permet de le repérer de loin.

Il s'est rué sur mon compagnon avec d'autres rats excités par l'apparition de l'étranger.

La poursuite à laquelle j'ai pris part moi aussi n'a pas duré longtemps. Se retournant brusquement, le vieux rat a planté ses incisives dans la gorge du mâle qui le talonnait et lui a déchiré le larynx à la vitesse de l'éclair. Au même instant, mon père me mordait au cou, tout près de l'oreille.

Je lui ai alors sauté à la gorge et infligé une profonde blessure en quelques coups de dents bien placés. Il a eu beau essayer de se défendre contre mes assauts, ses forces l'avaient abandonné. Déjà il agonisait. Les mouvements convulsifs de ses pattes et de sa queue témoignaient de sa fin imminente. Du sang coulait de sa gueule. Nos autres adversaires s'étaient enfuis, pris de panique.

Le vieux rat a flairé le cadavre lacéré, puis entrepris sa toilette coutumière. Au bout d'un instant il s'est interrompu et, accourant vers moi, m'a grimpé sur le dos par-derrière.

Le vieux rat parcourait la ville, de plus en plus nerveux. Il ne s'arrêtait pratiquement plus nulle part, comme s'il était poursuivi, pisté par quelque adversaire redoutable et inconnu.

Je savais bien qu'il considérait la cité comme un terrain étranger et hostile. Qu'elle n'avait jamais été qu'une étape, une halte, un peu plus longue peut-être, dans ses pérégrinations.

Mais voilà qu'il se sentait tout à coup menacé, limité dans tous ses déplacements par des porches, des égouts et des caves, familiers sans doute, mais remplis de rats qui le haïssaient. La ville qu'il était tout occupé à découvrir il y a peu de temps encore ne lui causait plus à présent qu'énervement et ennui. Et bien qu'il y fût venu tout seul et s'y fût attardé de son plein gré, il estimait aujourd'hui que c'était elle qui l'avait retenu et empêché de poursuivre son errance.

Le vieux rat avait vécu à plusieurs reprises des situations semblables, et c'est bien pour cela qu'il ne s'était jamais habitué à aucun lieu et n'avait jamais réussi à s'installer pour de bon quelque part. Il se ruait désormais sur tous les rats qu'il rencontrait, et agressa même un jeune chat qui déguerpit, terrorisé.

Il ne lui restait plus que la haine, une haine fébrile, violente, insondable, qui devait se décharger à tout prix.

Parcourant les quartiers en tous sens, il ne se cachait plus dans les caves et les égouts comme autrefois. Bien au contraire : il semblait négliger les dangers et se plaisait à frôler les hommes, que sa vue terrorisait, et à passer presque sous les roues des voitures. Non par ignorance des risques, mais par indifférence à tout ce qui n'était pas son but principal. Et ce but, unique et essentiel, était de quitter la ville au plus vite.

Il se sentait traqué, encerclé, enfermé, bien que l'espace où il se mouvait parût largement suffisant aux autres rats qui fréquentaient les mêmes lieux.

Il hantait les gares, les ponts, les viaducs, les quais, les magasins. Pendant un certain temps, il rôda autour des entrepôts du port fluvial.

On aurait dit qu'il ne parvenait pas à décider quand et par quel moyen il s'en irait.

Renifler les caisses, les ballots, les sacs, les bagages et les wagons devint son occupation quotidienne. Il cherchait une odeur rassurante, une odeur à laquelle il pourrait se fier, qui le calmerait, lui apporterait l'apaisement et lui permettrait de partir.

Sa quête ne dura pas longtemps.

Sur le quai où nous venions chaque jour, le vieux rat flaira avec une attention extrême un tas de sacs remplis de grain et prêts à être embarqués. Des tas de ce genre, il y en avait en grand nombre, et il les explora tous, l'un après l'autre. Cette activité, dont j'ignorais alors la signification, m'ennuyait et m'irritait.

Au cours de cette dernière période, l'attitude du vieux rat à mon égard changea radicalement. Souvent il me donnait des coups de dents et de griffes, me faisait tomber et m'infligeait de douloureuses morsures au bas-ventre. Je dus plusieurs fois m'enfuir car on aurait cru qu'il voulait me dévorer. Il se précipitait alors à mes trousses avec un piaillement aigu.

Dans sa haine pour la ville, il jugeait manifestement que c'était moi qui l'avais retenu, immobilisé ici. Et comme je l'accompagnais sans cesse et que j'étais toujours à portée, c'est sur moi qu'il déchargeait son amertume et sa fureur.

J'avais peur, de plus en plus peur.

Et pourtant, je ne voulais pas l'abandonner, bien qu'il me repoussât avec un acharnement accru. Lors d'une de ses attaques, comme il m'avait renversé sur le dos et mordu au cou de toutes ses forces, je profitai de l'occasion pour lui déchirer l'oreille d'un brusque coup de dents.

Puis je me dégageai et m'enfuis.

Le fréquenter d'aussi près que je l'avais fait jusque-là m'exposait à chaque instant à un risque mortel. Je décidai donc de partir, de le laisser seul. Peut-être attendait-il ce moment, peut-être en avait-il tout bonnement assez de ma présence constante.

Je voulais partir, mais j'en étais incapable. Malgré moi je suivais son chemin, ses traces, je rôdais autour de lui sans arrêt.

Un peu à l'écart, je continuais à observer son

comportement fébrile : je le voyais renifler nerveusement des sacs de toile grise, errer d'une cargaison à l'autre, se dresser sur les pattes de derrière, remuer ses vibrisses comme s'il flairait un danger. Enfin, il parut avoir repéré l'odeur qu'il cherchait, celle qui lui promettait la sécurité dans le nouveau voyage auquel il aspirait tant. Soudain, il grimpa tout là-haut et disparut parmi un amoncellement de formes grises. Il avait probablement trouvé une cachette en rongeant la toile d'un sac pour s'y introduire. Les hommes attachent ces sacs avec des cordes qu'ils fixent à un croc d'acier. Soulevée par la puissante grue montée sur rails, la cargaison progresse en ballottant dans les airs.

C'est seulement lorsque le vieux rat eut quitté la ville que je ressentis son absence. Jusqu'à présent, j'avais toujours marché derrière lui, je voyais devant moi son dos osseux et sa longue queue glabre et écailleuse.

C'était lui qui choisissait le chemin, qui décidait lequel serait le plus court, le plus sûr, le plus infaillible. C'était lui qui me guidait.

Maintenant, je le cherche en courant le long du bord glissant de l'égout. Je le cherche tout en sachant qu'il est parti, qu'il n'est plus dans la ville. Je le cherche alors que j'ai encore dans ma mémoire l'image de la haute armature de la grue qui s'éloigne, avec sa cargaison qui ballotte dans l'air – les sacs de grain parmi lesquels il s'est caché. Je sais et pourtant je cherche, conscient de n'avoir aucune chance de le retrouver. Je cherche pour apaiser mon angoisse, pour dominer le tremblement nerveux de mon corps, pour pouvoir retourner à une simple vie de rat. Je cherche pour me convaincre plus vite que ma quête sera vaine.

Dans l'égout, je tue une souris et la dévore ; sur la décharge, je trouve des restes de viande de porc ;

je parcours au crépuscule le caniveau et les rues du centre-ville.

Une ombre silencieuse plane au-dessus de moi, couvrant un instant le halo cru du réverbère. Une chouette. Je me tapis aussitôt dans l'obscurité d'un petit puits d'égout. J'attends qu'elle s'éloigne. Mais oui, je reconnais cet endroit, je suis arrivé à proximité de la cave où je suis né. Je traverse le trottoir et, longeant le mur, j'atteins la haute porte de fer. Me voilà de retour dans la cour bétonnée de la boulangerie où j'ai rencontré le vieux rat.

Sans difficulté, je saute sur la corniche de la petite fenêtre de la cave ; le tas de briques et de boîtes est toujours au même endroit. Le seul changement, c'est la peinture fraîche et nauséabonde qui recouvre à présent les canalisations.

Je hume l'odeur bien connue de ma famille ; le sol est jonché d'excréments de rats. Une brèche me permet de m'introduire dans la cave. Par la fenêtre filtre une lueur indécise, le reflet d'un réverbère de la rue. Là, entre le renfoncement de la bouche d'incendie et le tas de charbon surmonté de planches, je découvre l'entrée de mon nid, de mon trou. L'odeur familière frappe mes narines, m'enivre, m'appelle. Je cours le long du petit couloir.

Au milieu de sa portée de ratons déjà grands, une grosse femelle est installée : ma mère. Elle ronge une croûte de pain.

Lorsqu'elle me voit, son poil se hérisse. De tout son corps, elle essaie de cacher ses petits, et me montre ses puissantes incisives. Je recule en hâte. Elle me suit, je sens ses moustaches qui frôlent ma queue.

Arrivé près de la bouche d'incendie, je m'arrête

et me retourne, nos vibrisses se rencontrent. Nous nous reniflons l'un l'autre. Je hume cette odeur forte et excitante que répandent toutes les femelles en chaleur. Un besoin violent me prend de la saillir. Je lèche le liquide qui s'écoule de son ventre.

Elle se colle contre la terre, tend l'arrière-train et dresse sa queue, exhibant son orifice enduit d'une sécrétion visqueuse. Elle pousse un petit piaillement aigu. Je la monte et j'enserre ses flancs de mes pattes, les dents refermées sur la peau de son cou. Au moment où la tension culmine, un cri sonore m'échappe.

La queue toujours dressée, elle rampe et me provoque, m'excite. Une seconde fois, nous satisfaisons nos appétits. Puis elle retourne vers son trou et, quand je veux y entrer après elle, elle se retourne et me mordille l'oreille. C'est un avertissement ; je ne dois pas faire un pas de plus. Elle craint pour ses petits, que je pourrais bien dévorer.

Je possède désormais un nid et une famille, une femelle bien à moi – ma mère que je féconde régulièrement. J'ai aussi mon propre territoire de chasse et d'approvisionnement, marqué par mes excréments. Je suis un rat adulte initié aux dangers, qui connaît ses ennemis et s'oriente parfaitement dans l'espace, un mâle rusé et habile, fort et prudent.

Mais la situation de notre trou m'inquiète : la seule issue est en terrain découvert, juste derrière le tuyau coudé de la bouche d'incendie. Si un jour cette sortie est bouchée, nous serons pris au piège, il n'y a pas d'autre chemin qui mène à l'extérieur.

Le vieux rat m'a appris à éviter les nids construits de cette manière.

Il examinait toujours attentivement l'endroit où il se trouvait et, si celui-ci éveillait sa méfiance, il s'en allait aussitôt.

Pourtant je n'ai aucune envie d'abandonner notre nid, la cave chaude et hospitalière de la boulangerie où l'on peut se procurer sans danger une nourriture abondante. Je ne souhaite pas quitter ces lieux où je suis né et dont chaque recoin est imprégné de l'odeur de ma tribu. Si je n'étais pas revenu ici, mon destin aurait suivi un autre cours.

Je ne peux plus partir. Ma femelle est à nouveau grosse et continue à élever la portée précédente. Les jeunes batifolent dans toute la cave et se risquent en couinant à l'extérieur. Quand je les regarde, je me remémore mes premières sorties, cette curiosité qui me poussait vers l'inconnu.

Que sont devenus mes frères et sœurs ? Je sais seulement ce qui est arrivé à la petite femelle, et je devine le sort des autres en observant qu'après chaque escapade les ratons sont de moins en moins nombreux à rentrer au nid.

Le premier s'est fait attraper par un chat qui se prélassait au soleil sur le balcon, juste au-dessus de la cour. Le deuxième a été écrasé par la porte de la cave qui s'est ouverte brusquement.

Suivant le couloir de la cave, les jeunes femelles se sont aventurées dans la cour, puis jusque dans la rue, et ne sont pas rentrées. Le dernier petit mâle a eu l'échine broyée par le bras d'acier d'une souricière.

Ma femelle m'accompagne dans mes pérégrinations le long des caniveaux, vers les égouts et les caves des environs.

Au cours de ces sorties, il nous est arrivé plusieurs fois de tomber sur des nids de rats abandonnés où j'aurais bien voulu m'installer. Ce qui m'a paru le plus tentant, c'est un grenier dans la maison voisine de la nôtre, au-dessus d'un logement inhabité.

Mais l'hiver approchait, et la première nuit un peu froide nous a ramenés dans notre cave chauffée, derrière la vieille boulangerie.

Loger dans les égouts, ce qui semblait la solution la plus sûre, ne convenait pas non plus à ma femelle. J'avais remarqué sa peur panique de l'eau, et s'il lui arrivait de s'immerger, c'était toujours par mégarde, lors d'une chute ou parce qu'elle avait glissé sur le bord d'un égout. Chaque incident de ce genre provoquait chez elle une fureur qu'elle libérait le plus souvent sur moi.

Elle regagnait alors notre cave familière et ne s'aventurait plus au-dehors pendant un bon bout de temps.

Nos pérégrinations n'étaient possibles que lorsque ma femelle avait fini d'élever ses petits et n'était pas encore entravée dans ses mouvements par la gestation suivante.

Sa peur de l'eau était pour moi inexplicable. J'avais vu le vieux rat nager en tous sens dans les égouts sans éprouver la moindre appréhension. Il profitait au contraire du courant pour se laisser porter dans une direction ou dans une autre. Sa technique m'était devenue familière au cours de nos promenades.

L'affolement de ma femelle devant le moindre ruisseau souterrain, le moindre filet d'eau de pluie s'écoulant dans un caniveau m'irritait.

Nous voilà donc cantonnés dans notre cave silencieuse sous la boulangerie, baignés de cette lumière grise que nous accorde chichement la petite fenêtre, dans une chaleur agréable et constante, protégés des forts courants d'air.

De notre nid, j'essaie de creuser un tunnel horizontal vers la cave voisine, mais je bute chaque fois sur un mur enduit d'une couche de goudron impossible à attaquer pour des dents de rat. Le soubassement de la maison adjacente repose sur de solides fondations de béton.

Je fais une nouvelle tentative, cette fois en direction du bas : peut-être vais-je rencontrer la paroi extérieure de l'égout, la gaine qui entoure les canalisations d'eau ou les fils téléphoniques, et trouver là la faille que je cherche. Notre nid serait ainsi doté d'une seconde issue. Je creuse, je retire la terre avec mes pattes. Le sol est composé de débris de ciment, de fragments de briques vermoulues et de cendre de bois. Le bâtiment qui se trouvait sur cet emplacement autrefois a probablement été détruit par le feu. Mon oreille ne cesse de guetter le murmure lointain de l'eau, mais je n'entends rien. Pas le moindre égout. Après plusieurs tentatives, je bute sur un vieux mur de briques en parfait état.

Impossible d'aller plus loin.

Il me reste à poursuivre mon exploration en direction de la surface. Peut-être vais-je découvrir quelque fissure, une lézarde dans un mur menant à l'extérieur.

Mais là encore, mes efforts se révèlent vains : des poutres en acier soutiennent le plafond de la cave. Notre nid est donc entouré de murs sur tous les côtés, il n'existe aucun moyen de percer un trou supplémentaire qui permette d'aller dehors.

Des portées de rats viennent au monde l'une après l'autre. Ils naissent, grandissent, disparaissent. Naissent, grandissent, disparaissent. Le cycle se répète plusieurs fois, indépendamment des saisons. La plupart de ces petits périssent dès les premières semaines d'indépendance.

Tandis que ma femelle allaite, j'assure le ravitaillement. De plus en plus souvent, je me glisse furtivement vers les réserves de la boulangerie, j'ai découvert un chemin sûr pour y accéder, à travers un ventilateur hors d'usage. C'est par là que je passe pour rapporter au nid des morceaux de pain, de gâteau, des fruits, du fromage, du lard. Je reviens souvent avec le pelage barbouillé de beurre, de saindoux, de crème ou de farine. Toute la famille se précipite alors pour me lécher. Mes explorations dans le magasin se multiplient. Je ronge la grande boîte remplie de sucre en poudre. C'est une friandise rare, encore que je préfère le sucre en morceaux, parfait pour user les incisives. Quand je rentre au nid tout recouvert de poudre sucrée, ma femelle et les petits lèchent mes poils un par un.

Plusieurs fois, je me suis rendu au magasin avec les plus âgés des ratons.

La vue d'une telle abondance de nourriture leur ôte toute prudence, ils oublient tout. Lorsqu'ils reviendront seuls, ils seront la proie du chat qui les guette ou se laisseront prendre dans les pièges, attirés par l'odeur des têtes de poisson fumé. Un rat n'a pas le droit d'oublier le danger, il vit sous une menace permanente, cerné par les ennemis.

Les petits rats sont gais, espiègles, confiants et curieux de tout ce qui les entoure. Un rien les captive : une tache de lumière, le mouvement d'une feuille, une lézarde inconnue dans la pierre, un insecte qui court sur le mur. Ils sont fascinés par la vie, sa diversité, sa richesse, toutes les possibilités qu'elle leur offre, tous les chemins qu'elle leur ouvre vers toutes les directions.

Une souris mise en pièces, un moineau tué à belles dents, les restes d'un poisson, quelques arêtes où un peu de chair adhère encore – ces manifestations de la mort partout autour d'eux ne les atteignent guère. Ils n'établissent aucun lien avec leur propre quotidien, si joyeux, fait de cavalcades et de chutes, de simulacres d'attaque et de poursuite.

Nous les retenons et les protégeons le plus longtemps possible. Mais leur mère est déjà attentive à la nouvelle génération qui pousse dans son ventre. Peu à peu, elle cesse de s'occuper des ratons plus âgés, de s'opposer à leurs échappées solitaires, de plus en plus lointaines. La portée suivante exige déjà toute sa protection, et il faut préparer le nid à l'accueillir.

Les jeunes rats s'en vont. La curiosité les pousse

à aller de l'avant, droit devant eux, sur le chemin qui mène à l'inconnu.

Il y a de moins en moins à manger au nid, ils doivent trouver tout seuls de quoi se nourrir.

Nous, les adultes, nous redoutons les surfaces claires, baignées de lumière, où les ennemis nous guettent de partout. Mais les petits, encore aveugles il n'y a pas si longtemps, n'associent à la lumière aucun souvenir désagréable. Au contraire : lorsqu'une ampoule était allumée dans la cave et que des restes de clarté venaient caresser leurs paupières encore closes, ils se tournaient instinctivement vers elle.

A présent que leurs yeux se sont ouverts et qu'ils distinguent pour la première fois l'intérieur sombre du nid, ils vont se diriger obstinément vers la tache lumineuse qui signale la sortie.

C'est de là-bas que proviennent des sons et des parfums inconnus, de là-bas que je rapporte la nourriture qui leur est destinée ; cet ailleurs les appelle, il faut qu'ils explorent au plus vite cette réalité lumineuse, criarde, éblouissante et colorée.

Les ratons rampent hors du nid, leur mère les rattrape par la peau du cou et les ramène à l'intérieur. Ils couinent, pleins d'une colère impuissante. Leurs premières sorties se feront en ma compagnie, ou en celle de leur mère.

De la cave voisine, une fissure le long d'une canalisation me permet de me faufiler sous le plancher de la boulangerie, à proximité du grand four. La touffeur qui règne ici fait fuir les puces ; elles quittent en masse ma fourrure.

Le bâtiment où se trouve la boulangerie est vétuste et vermoulu. Au cours des diverses restaurations qu'il a subies, on a bouché certaines crevasses avec du plâtre. J'en ai justement découvert une dans un mur, à côté d'un grand pétrin rempli de pâte en train de lever, juste derrière un appareil en métal installé en hauteur et qui émet une sorte de tic-tac régulier. Je me suis insinué dans cette brèche et j'ai sauté sur une grande armoire puis, de là, sur le plancher, tout près de la porte du magasin. Dans la porte elle-même, plus précisément entre l'embrasure et le mur, j'ai repéré un trou, l'emplacement d'un nœud du bois qui s'est probablement desséché et qui est tombé. Profitant d'un moment où il n'y avait personne dans la boulangerie, j'ai élargi cette ouverture autant qu'il le fallait pour pouvoir me glisser sans peine à l'intérieur.

Je dispose donc de deux itinéraires pour me rendre dans le magasin : l'un passant par le ventilateur hors d'usage et l'autre, plus court, par la boulangerie. Celui-ci est certes plus dangereux, mais il n'oblige pas à passer par-dehors. Tandis que pour atteindre le ventilateur, je dois gagner un vieux hangar dont la corniche oblique touche la gouttière qui surplombe la cour en béton.

Pour traverser la boulangerie, je suis la bande de carreaux de faïence de couleur sombre qui fait le tour du plancher. On trouve le plus souvent par terre des paniers remplis de tabliers sales, des moules à pâtisserie en tôle et des grands récipients pour délayer la farine.

Tout à leur travail, les hommes n'ont pas le temps de regarder ailleurs. J'ai fait découvrir à ma femelle, qui ne connaissait jusque-là que le trajet par le ventilateur, ce second itinéraire nettement plus court et qui ne l'oblige pas à grimper sur la gouttière verglacée ou mouillée. L'expérience a montré que ce chemin n'est pas toujours praticable pour elle. D'autant plus que son ventre, gonflé par la gestation, lui interdit à présent de se glisser par l'étroit passage dans l'embrasure de la porte, ce qui constitue un obstacle insurmontable. Aussi n'emprunte-t-elle plus ce trajet que rarement, dans la période qui suit la mise bas, et tant que son ventre le lui permet.

Sur la table, au milieu du magasin, je découvre une caisse remplie d'œufs, la friandise favorite des rats.

Un jour, j'ai pénétré dans un poulailler en compagnie du vieux rat, et c'est là que j'ai goûté un œuf pour la première fois. La forme ovale gisant dans la pénombre évoquait une pierre luisante. Le vieux rat a commencé par la renifler puis, enroulant sa queue autour, il a entrepris de déplacer l'œuf en direction du trou qu'il avait creusé dans une planche avec ses dents. Une fois en sûreté, il a percé la coquille avec ses incisives et s'est mis à lécher le liquide glaireux qui s'écoulait. Ensuite il a agrandi le trou, puis cassé l'œuf en deux. A la fin, il ne restait plus que la coquille soigneusement nettoyée.

Le parfum du jaune d'œuf qu'il était en train de manger remplissait le local, éveillant en moi un tel appétit que je me suis précipité sur le premier œuf que j'ai trouvé dans le poulailler. Au début, sa surface dure ne voulait pas céder sous mes dents. Il a fallu que j'assène un bon coup sur la coquille, presque à la verticale, pour réussir à faire un petit trou. Cependant, ce ne fut pas du jaune que je trouvai à l'intérieur, mais un embryon de poussin flottant dans une sauce odorante et savoureuse.

Mon repas fut interrompu par une poule en colère, qui se mit à courir en rond, caquetant affreusement et essayant de me crever les yeux avec son bec. J'allais la chasser lorsque apparut un coq. Il se précipita vers moi, le cou tendu et la crête gonflée. Je m'enfuis. Par la suite, je me suis souvent glissé en compagnie du vieux rat à l'intérieur des poulaillers, des garde-manger et des boutiques.

J'ai appris à enrouler ma queue autour d'un œuf et à le traîner derrière moi. Aussi suis-je aujourd'hui en mesure de me régaler de jaunes d'œufs dans le magasin de la boulangerie.

Une fois rassasié, je décide d'en transporter un en le faisant rouler jusqu'à mon nid.

Mais ma queue n'a pas assez de force pour déplacer l'œuf qui est posé dans un creux.

Il faut donc que je me serve de mon museau et de mes pattes pour le soulever et le faire glisser hors de la cavité où il gît. Mais l'œuf continue à rouler sur la table et, arrivé au bord, il tombe au sol avec un grand bruit. Terrifié, je me réfugie dans le ventilateur. Un instant plus tard, je redescends de ma cachette et m'approche de l'œuf cassé qui a tout éclaboussé alentour. Alors seulement, je comprends qu'il était impossible de transporter l'œuf jusqu'à mon nid.

Cela ne nous empêche pas de reprendre nos tentatives pour dégager des œufs de leurs alvéoles en carton. Nous en avons mangé plusieurs cette nuit-là, ma femelle et moi, mais nous en avons cassé bien davantage.

J'entreprends une expédition au magasin avec deux petits. Ils me suivent en sautillant, couinent et se bousculent dans la boulangerie qui à cette heure-ci est vide.

Le festin continue. Les ventres s'arrondissent. Mais il faut bientôt rentrer, car les hommes vont revenir et le trajet sera alors trop dangereux. Je ne pourrai me risquer à passer par le ventilateur, la corniche enneigée et la gouttière couverte de glace. Les hiboux affamés tournent des nuits entières au-dessus des cours voisines.

Entre-temps, dans un coin du magasin, un des ratons a découvert une souricière, appâtée avec une tête de poisson fumé. Les pièges de ce genre sont de plus en plus nombreux. On en trouve dans les escaliers, les caves, les greniers et les cours.

Ils sont construits de telle manière que le rat pris ne meurt pas sur le coup. Le poids de plomb le frappe en général dans la zone des reins, lui fracassant le bassin et la colonne vertébrale. Écrasé, il agonise longtemps, et au paroxysme de la souffrance il se mord les pattes.

Le raton est littéralement aplati sur le plancher. Étourdi par la douleur, il serre les dents sur les écailles odorantes du poisson et fait de vains efforts pour se lever.

Il ne comprend pas la situation, ne sait pas ce qui lui arrive. Il piaille. Le sang coule de sa gueule et de ses oreilles. Ses ongles griffent la planche.

Nous nous enfuyons. Dans un instant, les hommes seront là. Nous voilà dans la boulangerie. Je sens sur ma queue les vibrisses du petit qui me suit. Nous atteignons l'armoire.

Mais au lieu de grimper derrière moi entre la paroi de bois et le mur, le petit continue sur sa lancée. Il descend le long du tuyau, sur la table et, de là, saute sur le rebord d'un énorme pétrin rempli de pâte sucrée, parfumée.

Du sommet de l'armoire, je l'observe qui progresse en chancelant et s'efforce de maintenir l'équilibre avec sa queue. La pâte colle à son museau. Soudain, la cour s'anime. Des pas se rapprochent. La clé grince dans la serrure. Le raton sursaute et brusquement vacille. Il veut prendre appui avec ses petites pattes sur la surface visqueuse, mais en vain : le voilà qui tombe dans le pétrin. Il a beau se débattre, s'agiter désespérément, il s'enfonce de plus en plus. On ne distingue bientôt plus à la surface que sa queue sombre et frémissante.

Le petit a disparu sans laisser de trace, si ce n'est un léger affaissement de la pâte à l'endroit où il a été englouti.

Les hommes entrent. Lorsqu'ils allument la lumière, j'entends le tic-tac régulier de l'appareil métallique qui dissimule le trou que j'ai creusé avec mes dents.

J'essaie à nouveau de creuser un tunnel vers l'extérieur. Je bute sur une planche épaisse. Ma femelle et les petits grimpent sur la paroi inclinée et rongent à leur tour. Du trou que nous avons fait s'écoule un filet de sable qui tombe droit dans nos narines. Si nous continuons à l'agrandir, le nid sera bientôt enseveli sous le sable.

Plusieurs portées se sont succédé, dont seule une petite femelle a survécu. Elle est prudente, vigilante, à la fois craintive et rusée. Elle sait franchir en quelques sauts rapides les espaces découverts. Puis elle s'arrête et regarde autour d'elle pour vérifier qu'aucun danger ne la menace. Elle évite les endroits trop éclairés où on pourrait la repérer de loin. La peur est là, qui ne la quitte pas. Et c'est cette peur qui lui permet de vivre au milieu de ses ennemis, de vivre et de lutter pour survivre.

Mes deux femelles cohabitent donc dans le même nid. Souvent, la plus vieille bouscule et mord la jeune, cherchant visiblement à l'évincer. L'autre s'enfuit, mais au bout d'un certain temps elle revient comme si de rien n'était.

Tout en allaitant ses portées successives, la vieille

femelle observe attentivement la jeune, elle la regarde comme un intrus à éliminer. La petite rate installe bientôt ses pénates dans un des nombreux boyaux que j'ai creusés lorsque j'étais en quête d'une seconde sortie.

Elle a choisi, à l'extrémité du couloir, un emplacement près du mur où une brique vermoulue s'effrite. Il lui suffit d'élargir la niche, d'aplanir le sol avec ses pattes et de le tapisser d'excréments durcis.

Pour aménager son nid, elle rapporte des morceaux de papier, des lambeaux de toile et de lainages, des touffes de coton, des plumes, du duvet, des fils, toutes sortes de matériaux moelleux, chauds et doux.

Elle ne va pas tarder à mettre bas. De part et d'autre de son échine, son ventre saille, de plus en plus rond. Lorsqu'elle passe à côté de la vieille rate ou qu'elle tente de s'en approcher, l'autre lui montre ses incisives jaunes et pointues et hérisse ses poils comme si elle allait lui sauter dessus. La jeune femelle s'enfuit en hâte et va se réfugier parmi les lambeaux de journaux au bout de son tunnel.

Le moment de la naissance approche. La jeune rate quitte de moins en moins souvent son repaire.

Comme je rentre au nid, un petit couinement aigu se fait entendre dans le boyau. La jeune femelle est couchée parmi les débris de papier ; des ratons aveugles et sans poils tètent ses mamelles gonflées de lait. Elle me laisse approcher. Je renifle les petits avec attention. Ils ont besoin de manger. Jusqu'à présent, leur mère se procurait sa nourriture en m'accompagnant... C'est désormais impossible, elle doit veiller sur eux.

Les petits de l'autre femelle ont déjà les yeux ouverts, ils s'égaillent dans tout le nid, apprennent à manger, à mordre, à tuer. Je leur ai récemment donné une souris vivante qu'ils ont aussitôt déchirée à belles dents.

Je rapporte du magasin un morceau de fromage destiné à la jeune femelle.

Arrivé dans le nid, je me dirige vers l'entrée du couloir. La vieille femelle m'arrache le fromage.

La situation se répète et lorsque la jeune rate, affamée, se risque hors du boyau pour attraper quelques miettes, elle se fait attaquer et mordre.

Une fois seulement, je parviens à lui donner une peau de poisson odorante. Mais c'est la soif qui la tourmente le plus. Elle n'a rien bu depuis qu'elle a mis bas. Il y a dans la cave un petit réservoir avec un couvercle de tôle sous lequel il est facile de se glisser. Mais elle redoute de quitter ses petits et se contente de lécher l'humidité des briques ou de sucer des mottes de terre.

Il faudra pourtant bien qu'elle sorte, qu'elle trouve à manger, sinon son lait va se tarir. Elle attend le moment propice. Lorsque la vieille femelle s'endort, elle se faufile en hâte hors de son trou, se glisse sous le couvercle et boit. Puis elle croque quelques cloportes qu'elle aurait dédaignés dans des conditions normales.

Les petits grandissent, leur peau rose se couvre d'un délicat duvet gris ; sous leurs paupières, on distingue les taches sombres des yeux. Ils sont déjà plus dégourdis et se dirigent infailliblement vers les mamelles gorgées de lait.

Il leur en faut beaucoup plus maintenant et leur

mère est tenaillée par la faim. Elle mange des lambeaux de coton et de laine, mâche du papier, se précipite sur le moindre ver qu'elle repère dans son nid. Mais la faim devient intolérable, d'autant plus que la vieille femelle monte la garde et m'empêche de lui apporter la moindre miette de nourriture.

C'est seulement lorsque la vieille dort que la jeune réussit à récupérer quelques arêtes de poisson à moitié rongées ou une couenne de lard rance.

Torturée par la faim, la jeune femelle se décide enfin à tenter une expédition jusqu'à la boulangerie. Si elle ne le fait pas, ses petits risquent de mourir.

La vieille rate dormait lorsqu'elle a quitté le nid, mais la voilà qui se réveille. Elle se précipite aussitôt dans le boyau et transporte les ratons un à un dans son nid, où elle les jette au milieu de ses propres petits.

Du mur opposé, je l'observe en train de leur apprendre à tuer.

Elle déchiquette un raton et le dévore ; ses petits se chargent des autres.

Lorsque la jeune femelle revient, traînant une croûte de pain sec qu'elle a trouvée dans la poubelle, tous ses rejetons sont déjà morts. Elle les cherche d'abord dans le couloir, puis fait irruption dans le nid, ramasse les petits corps à demi dévorés et veut les ramener dans son trou. Mais la vieille femelle se précipite sur elle, la renverse et la mord.

La jeune rate parviendra finalement à saisir entre ses dents le cadavre décapité d'un de ses petits. Elle ira le cacher dans son propre nid.

La jeune femelle est à nouveau sur le point de mettre bas. Elle a quitté son ancien nid pour émigrer dans la cave opposée, où abondent les étagères poussiéreuses couvertes de pots vides, les débris de caisses. Les hommes ne sont plus venus là depuis longtemps.

Elle s'est installée dans un fauteuil remisé dans un coin et rongé par les mites. Il lui est apparu comme un endroit calme et particulièrement sûr. D'autant plus qu'un tuyau tout proche laisse goutter l'eau en permanence. Cette fois encore, la jeune rate accumule papiers, chiffons et plumes. Ainsi que des réserves de nourriture : rognures desséchées de viande, têtes de poisson, croûtes de pain.

J'ai désormais deux nids. L'ancien, avec la vieille femelle et sa portée de ratons déjà grands, et le nouveau, à l'intérieur du fauteuil, où la jeune rate se prépare à mettre ses petits au monde.

Ils n'offrent ni l'un ni l'autre une sécurité totale, si bien que j'y passe assez peu de temps, préférant vagabonder. Mon errance me mène jusqu'au quai où j'ai vu disparaître le vieux rat.

A l'extérieur de la ville, au bord de la rivière, des bâtiments en brique abritent un élevage de cochons. D'énormes cochons, très nombreux.

Nous, les rats de la ville, nous venons souvent par ici. Cette zone était autrefois le territoire d'une autre catégorie de rats, plus petits, bruns et noirs, de constitution plus fragile et plus délicate, dotés d'une queue couverte de poils courts et sombres.

Ils sont partis. Nous les avons chassés, nous avons détruit leurs nids, ils ont déguerpi en nous laissant le champ libre.

Il faut faire très attention quand on court sur le rebord d'une auge ou d'un abreuvoir. Le moindre faux pas entraîne la chute, et il y a en bas tous ces groins qui broient, dévorent, engloutissent. Les cochons sont agressifs, ils nous poursuivent, nous harcèlent. Leurs pieds et leurs dents sont redoutables, aussi j'essaie de me tenir toujours à proximité d'un lieu de repli : une brèche dans la clôture, un coin de mur, un trou sous l'abreuvoir de tôle.

L'odeur de la chair de cochon nous emplit les narines. La nourriture dans les auges est somme toute assez monotone, mais ces masses de lard qui déambulent autour de nous sont une provocation permanente. Je choisis la plus imposante, une grosse bête balourde, j'escalade son dos par-derrière, je mords, je transperce la peau et je mange.

Le cochon gémit, hurle, se débat dans l'enceinte étroite qui entrave ses mouvements. Vainement, il essaie de se coucher sur le dos, de me faire tomber, de m'écraser. Il a beau ruer, presser ses flancs contre les parois de bois, je me cramponne à son échine avec mes griffes et je plante les dents dans le lard savoureux et chaud où le sang bat. Le liquide épais et tiède ruisselle sur sa peau.

Le cochon s'efforce toujours de me précipiter au sol, je change donc de position et j'attaque à proximité de la queue. Il pousse des cris enragés, braille et se débat. Longtemps. Jusqu'au moment où il s'arrête, épuisé, ne ruant plus que par intervalles avec ses pattes trop courtes.

Coincé entre les planches de la clôture, trop gros, trop lourd, trop maladroit, il devient une proie sans défense. Il ne peut que grogner, crier, gémir et attendre que je m'en aille, ma faim apaisée. Soudain, la porte de la porcherie s'ouvre : un homme accourt. J'arrache un dernier morceau de lard avant de m'enfuir.

Lorsque je reviens la nuit suivante, le cochon n'est plus là. J'en choisis un autre, tout aussi lourd et maladroit. Mais celui-là a davantage d'espace pour se mouvoir, il se renverse sur le dos et peu s'en faut qu'il ne m'écrase.

Je lui saute sur le crâne et je le mords au cou. Il se met à donner des coups de tête contre la tubulure métallique de la barrière, si bien que je renonce.

Le bâtiment suivant est rempli de porcelets rose clair. Je sens sur ma queue les vibrisses d'un rat qui habite la même cave que moi, mais de l'autre côté de la boulangerie.

Les petits cochons sont vifs et nerveux. Ayant senti notre présence, ils grognent, sautent et donnent des coups de pied, essaient de nous mordre.

Leurs dents sont déjà pointues et leurs pieds sont durs ; aussi cherchons-nous un goret qui soit plus faible, ou malade, et qui dorme. En voici justement un. Couché sur le flanc, il est agité de soubresauts. Nous nous approchons, le plus près possible.

L'autre rat, mon voisin, a repéré l'endroit où bat une artère. Il mord. Le porcelet se lève d'un coup en poussant des cris aigus. Le rat est suspendu à son cou. Je me rue à l'attaque par l'autre côté. Le cochon me donne des coups de pied, me repousse. Ayant sauté sur son dos, je plante mes dents juste derrière son oreille. Il parvient à me faire tomber. Nous attaquons de tous les côtés. Le cochon ensanglanté court le long de la clôture en poussant des cris aigus. Je saute à son cou et je tranche une artère. Il s'écroule.

L'odeur du sang se répand alentour. Terrifiés, les porcelets couinent.

D'autres rats accourent. Nous essayons d'abord de les chasser, mais ils sont de plus en plus nombreux.

Le porcelet envoie encore quelques ruades et grogne. Soudain la lumière s'allume. Les cochons font de plus en plus de vacarme. Voici les hommes.

Je me sauve et je rentre chez moi. Arrivé dans la cave, j'entends des aboiements provenant du magasin. Des aboiements furieux, acharnés, sauvages. Il n'y a pas si longtemps, un chien m'a pourchassé jusqu'à la bouche d'égout. Si je n'avais pas sauté en bas à travers la grille au péril de ma vie, il m'aurait brisé l'échine. Les aboiements d'aujourd'hui m'énervent, m'inquiètent ; ils me rappellent cette fois-là.

Près de ma jeune femelle s'affaire un rat étranger. Je voudrais bien le chasser, mais il a manifestement installé ses pénates dans le vieux fauteuil et ne veut pas s'en aller. C'est donc moi qui cède la place, je vais rejoindre l'autre nid où m'attend la vieille femelle, qui est en chaleur.

Beaucoup de choses ont changé dans la boulangerie et dans les caves pendant mon absence. On a repeint le magasin et changé l'huisserie vermoulue de la porte ; les moindres lézardes ont été bouchées.

La porte entre la boulangerie et l'escalier, sous laquelle j'avais coutume de me glisser, a été renforcée par un linteau supplémentaire et recouverte de tôle. On a cimenté tous les trous dans les murs de la boulangerie et du magasin, ainsi que la fente derrière le compteur électrique. Tous les récipients, pétrins, moules et grilles à pâtisserie ont été écartés des murs, si bien qu'il n'est plus possible de passer par là en toute sécurité.

Le ventilateur qui était en panne s'est remis à tourner, bloquant ainsi le dernier accès au garde-manger.

J'ai découvert çà et là des souricières récemment installées.

Près des poubelles et dans la cave, on a répandu du blé empoisonné. Profitant d'un moment d'inattention de leur mère, les ratons sont sortis du trou et en ont mangé dès le premier jour. Je dois contourner leurs dépouilles raidies qui gisent à plusieurs endroits.

Le jeune rat qui a voulu prendre ma place dans le nid du fauteuil est bientôt victime de la souricière.

Ce qui me perturbe le plus, c'est que les hommes enferment maintenant chaque nuit dans la cave le vieux matou qu'on voyait somnoler sur le balcon. Il erre, furieux, et pousse d'affreux miaulements. Juste avant l'aube, il a attrapé un rat qui était entré par la fenêtre mal fermée. Au matin, malgré sa colonne vertébrale brisée et un œil crevé, le rat vivait encore. Les hommes l'ont jeté dans un seau d'eau.

Le matou a senti notre présence. Il nous a longuement guettés près de la bouche d'incendie et il a essayé de glisser sa patte dans notre trou. Il a également repéré la jeune femelle dans le fauteuil avec ses petits. Mais il n'a pas pu l'atteindre ; il a tout juste réussi à faire tomber quelques pots et à se blesser les pattes avec des éclats de verre.

Les hommes viennent souvent dans la cave. Ils gesticulent, désignent du doigt les trous et les fissures dans les murs. Je pressens un danger, une catastrophe imminente. Ils ont réparé le ciment effrité, bouché toutes les lézardes et les brèches dans le mur entourant la cour. Je suis persuadé qu'ils font la même chose dans tous les bâtiments contigus à la boulangerie, ainsi que dans les maisons de l'autre côté de la rue.

Un chien au museau allongé et pointu leur montre le chemin, le nez au sol et aboyant à la moindre trace.

Je suis tapi dans le vieux fauteuil, m'affairant sur un morceau de viande filandreuse que j'ai rapporté de la décharge.

Les aboiements du chien, le sifflement de l'air dans ses naseaux effraient la jeune femelle. Saisissant ses petits avec ses dents, elle les dissimule sous elle, rampe pour les couvrir de tout son corps.

J'ai sauté du fauteuil sur les rayonnages et, longeant l'étagère supérieure, j'ai atteint l'espèce d'assiette en tôle sous laquelle brûle une ampoule. Les hommes entrent. Le chien les conduit tout droit au fauteuil. Je m'aplatis sur l'abat-jour qui me chauffe le ventre.

Les hommes enlèvent les pots, tirent les étagères et les planches qui étaient contre le mur. Ils s'emparent du fauteuil et le transportent dans le couloir. Le chien surexcité enfonce son museau entre les ressorts.

J'entends des aboiements furieux, des couinements aigus. Dans la bousculade, je distingue la jeune femelle qui essaie de fuir, tenant entre ses dents plusieurs petits encore dépourvus de poils. Le chien l'attrape, la malmène, la lance en l'air. Les hommes le caressent. Ils font tomber du fauteuil les ratons tout nus et piaillants qu'ils écrasent avec leurs talons.

Puis ils emportent le fauteuil dans la cour.

L'abat-jour en tôle qui surplombe l'ampoule allumée est de plus en plus chaud. Sa surface me brûle les pattes et le ventre. Je saute en bas et, par les étagères, je rejoins la fenêtre qui donne sur la rue, paisible, claire et pleine de voitures.

Je cours vers le caniveau. Un homme recule brusquement, crie et pointe le doigt vers moi. Je me faufile à travers la grille de l'égout. En dessous de moi, tout au fond, le bruissement de l'eau qui miroite ; un canal passe par là. J'hésite un instant, essayant de me maintenir sur le rebord concave du puits. Mais je perds l'équilibre et je saute.

Je suis de retour et me faufile avec prudence dans la cave. Mon flair me confirme que le chat n'y est plus. Le fauteuil, les étagères et autres vieux meubles ont été repoussés loin des murs. On a cimenté les trous. Je passe dans la seconde cave où se trouve le nid de la vieille femelle. Là aussi, tous les murs sont dégagés. On a déplacé le charbon vers le centre de la pièce.

Je cherche l'entrée du nid, derrière la bouche d'incendie. Elle n'existe plus. Le mur est uniformément humide, froid et lisse.

Je fais le tour de la cave, vérifiant chaque recoin. L'ouverture se trouvait bien derrière le cadre de la bouche d'incendie.

Je reviens, je m'assois près du mur et je tends l'oreille, attentif au moindre petit bruit dont la source se trouverait de l'autre côté de l'épaisse couche de ciment. Au bout d'un moment, je perçois, comme venant de très loin, un grincement sourd. La vieille femelle tente en vain de s'échapper en rongeant la paroi. Emmurée dans un espace qui ne possède aucune autre issue, terrifiée et pressentant la mort, elle rongera ainsi jusqu'à son dernier souffle de vie. Il y a encore avec elle, dans le nid, trois ratons déjà grands. Elle les tuera l'un après l'autre, poussée par la faim, la soif, la rage impuissante.

Elle boira leur sang, mangera leur chair. Cela ne lui permettra pas de tenir longtemps. Elle aura tout juste réussi à ronger la moitié d'une brique. Le grincement de ses dents contre la paroi deviendra de plus en plus faible, puis il finira par s'éteindre.

Je rôde autour de la boulangerie, pénètre dans les caves mortes ; mes vibrisses explorent les anciens trous, à présent cimentés. Derrière les murs règne le silence, un profond silence. Il n'y a pas longtemps encore, je prêtais l'oreille au grincement, de moins en moins perceptible, des dents contre le mur. Je me suis même mis à ronger la paroi à mon tour, de mon côté, derrière la bouche d'incendie, là où se trouvait l'entrée de notre nid.

Cela a dû redonner espoir à la vieille femelle, car l'écho, à travers le ciment, est devenu plus rythmé, plus sonore.

Mais un chat m'a fait fuir et je ne suis revenu que la nuit suivante. Le bruit avait faibli, la vieille rate perdait ses forces, ses incisives devaient être usées jusqu'aux gencives.

Je me suis remis à ronger, en vain. Mes dents parvenaient tout juste à rayer la surface.

Et pourtant j'ai continué, bien qu'on n'entendît plus rien de l'autre côté du mur, j'ai continué à mordre le ciment, à faire aller mes mâchoires jusqu'à ressentir une douleur aiguë dans mes incisives émoussées. J'ai senti le goût du sang qui coulait dans ma gorge.

L'éraflure était juste un peu plus profonde. Et puis les hommes sont arrivés et j'ai dû m'enfuir par la petite fenêtre, tout droit dans la rue ensoleillée et hostile.

Je me suis installé dans les égouts. Ici seulement, on se sent en sécurité, car dans tous les bâtiments de la rue, les hommes ont à présent déclaré la guerre aux rats. Des odeurs qui irritent les narines et les yeux pénètrent même parfois jusqu'ici, sous terre, malgré la profondeur. J'ai rencontré une femelle borgne et solitaire, et j'ai déménagé dans son nid.

Tu écoutes attentivement le murmure de l'eau qui s'écoule, étouffant les autres bruits. Un couinement aigu perce de temps à autre ce ruissellement monotone. Tu t'habitues, le chuchotement de l'eau t'endort.

Mais pourquoi retournes-tu devant le mur cimenté de la cave, pourquoi cette image s'impose-t-elle à toi dès que tu fermes les paupières ? Pourquoi rôdes-tu si souvent aux alentours de la boulangerie ?

Le rat file d'un portail à l'autre, d'une cave à l'autre, d'une ombre à l'autre.

Gris, le dos rond, avec ses pattes comme des ressorts et sa longue queue sans poils, il traverse la rue à toute vitesse, en alerte, attentif au moindre bruissement, au plus léger murmure ou mouvement. Partout, n'importe où, l'ennemi peut surgir ; partout, à toute heure, la mort guette. La vie t'a appris la peur, et toi, tu as appris à mordre, à mordre et à broyer, à mordre et à tuer.

Tu te sens toujours menacé, sans cesse, de tous les côtés. Comme autrefois le vieux rat, c'est toi maintenant qui visites les gares, les docks, les quais de chemin de fer, les magasins.

Je suis dans tous les lieux à partir desquels on peut fuir, quitter la ville, émigrer. Je vis dans une ville que je déteste de plus en plus, la ville qui m'agresse et me retient prisonnier, la ville où je suis né, où j'ai grandi, où je suis devenu fort.

La femelle borgne attend des petits ; son ventre déformé et ses mamelles gonflées exhalent l'odeur d'une maternité imminente. Nous rapportons désormais au nid tout ce qui peut le réchauffer, nous amassons de la nourriture repêchée le plus souvent dans l'eau épaisse de l'égout.

La rate borgne ne quitte jamais les égouts, elle craint de remonter à la surface, là où elle a perdu un œil. Sa vie est inscrite tout entière dans un petit cercle qu'elle ne franchit jamais, aux limites strictement définies : quelques canaux communiquant entre eux et qui rejoignent le grand égout collecteur. Arrivée là, elle s'arrête et fait demi-tour. La lumière grise qui vient d'en haut l'incite aussi à reculer, éveillant en elle la méfiance et la peur.

Un besoin d'évasion t'attire vers la surface, de plus en plus pressant, violent, importun. Sortir de là, quitter la ville, fuir. La femelle met bas. Les ratons, nus et aveugles, couinent et rampent autour de son ventre, soulèvent à grand-peine leur tête lourde, cherchent une surface plus dure pour pouvoir tenir sur leurs jambes maladroites.

J'apporte de quoi manger. La femelle me laisse entrer dans le nid, toucher et renifler ses petits.

Voici venu le temps des averses d'automne, l'eau monte dans les égouts. La rate borgne transporte sa progéniture dans un autre endroit, plus en hauteur.

Moi, j'arpente les rues et les cours, en quête du chemin qui me conduira le plus rapidement hors de la ville.

Même la poussière soulevée par les roues des automobiles m'excite, m'exhorte à de nouvelles tentatives. Pourtant les voitures sont un moyen de transport dangereux, qui t'obligerait à voyager dans la proximité immédiate des hommes, avec le risque permanent d'être découvert.

Tu as tout de même essayé : du quai, un camion chargé de fruits t'a emmené jusqu'à un marché, dans un autre quartier. Effrayé par les cris, tu as détalé entre les éventaires. Peu s'en est fallu que les hommes ne te tuent avec leurs balais.

Cet incident m'a perturbé et j'ai voulu regagner le nid.

Il a disparu. Le trou a été inondé. Suivant les traces de la femelle borgne, je longe le mur, puis je me dirige plus haut. J'entends des couinements. Mais le nid a une odeur différente, particulière, celle d'une autre famille ; la rate borgne et ses petits n'ont pas encore eu le temps de l'imprégner de leurs propres effluves. Leur pelage imbibé d'eau sent fort. La femelle a passé la période du rut, elle m'est devenue indifférente. C'est un rat étranger, inconnu.

Elle se frotte contre moi, se glisse de force sous mon ventre ; les petits piaillent et accourent en me voyant.

J'en attrape un avec les dents et je le coupe en deux. Leur mère émerge de sous mon ventre et cherche à les recouvrir de son corps. Elle en a pris un dans sa gueule et veut l'emporter ailleurs. Je plante les dents dans son cou, une fois, puis deux, puis trois. Elle essaie de me mordre mais perd déjà ses forces et se renverse sur le flanc en agitant convulsivement ses pattes. Je tue tous les ratons et j'en dévore quelques-uns à moitié.

J'abandonne le nid. Au pied du mur, des rats guettent, ils ont senti le sang frais.

J'ai quitté la ville, laissant derrière moi les caves chaudes de la boulangerie, les magasins qui sentent le sucre, les décharges regorgeant de déchets savoureux, les labyrinthes des égouts et des gaines électriques.

J'ai laissé derrière moi mon nid emmuré, la paroi de ciment lisse et sans vie, les rats, les hommes, la menace des souricières et du poison.

J'ai laissé derrière moi le fauteuil vide, encore imprégné de l'odeur de la jeune femelle, les chemins foulés par les rats, les traces de leurs dents sur les caisses en bois, les expéditions au bord de la rivière et à la porcherie, les secteurs explorés avec le vieux rat. J'ai laissé derrière moi la rate borgne que j'ai tuée, et ses petits, dévorés.

Je pars sur les traces du vieux rat, je suis sa voie. Autour du train le vent mugit et le rythme des roues me berce et m'endort. J'ai trouvé parmi les sacs remplis de grain un petit coin accueillant, moelleux et tranquille. Le train m'emporte vers une ville lointaine et inconnue dont je ne sais rien mais dont je pressens l'existence, car sinon, où serait donc parti le vieux rat et d'où pouvait-il bien venir, lui dont l'odeur me parlait d'autres territoires, lointains et différents ?

J'étais venu à plusieurs reprises sur le quai de transbordement, où les bras des grues emportaient les plates-formes chargées de sacs et de caisses. Je cherchais des effluves qui me rappelleraient le vieux rat. Je ne me sentais plus lié à la ville comme autrefois, je savais que je pouvais m'en aller. Il fallait que je quitte ces lieux, car tout ce que j'y possédais avait disparu, avait été effacé, détruit, noyé dans le ciment.

Je connaissais à présent l'appel du voyage, le besoin pressant de partir.

Je parcourais les rues à la hâte, comme si je fuyais devant un redoutable persécuteur. Je me jetais sur d'autres rats, souvent plus grands et plus forts que moi, mais que la sédentarisation avait rendus paisibles et paresseux.

Je voulais rompre au plus vite avec la ville. En proie à la fièvre, nerveux, quasi malade, j'abandonnais souvent les sombres profondeurs des tunnels et des canaux pour émerger à la surface, parmi les hommes. Ils poussaient des cris, me lançaient des pierres, m'assenaient des coups de pied ou de bâton, et je m'enfuyais, terrorisé. Je les prenais de court et je leur faisais peur, ma présence leur mettait les nerfs à vif, et c'est sans doute pour cette raison qu'ils n'arrivaient pas à m'abattre, même si leurs coups m'atteignaient le plus souvent.

Dans le tramway, tu t'es tapi sous un banc. Un chien, qui accompagnait un passager, t'a chassé. Les hommes criaient, le chien aboyait, le tramway s'est arrêté. Tu as sauté tout droit sur le capot d'une voiture qui avançait lentement. Je revois encore le visage de l'homme derrière son pare-brise, tournant frénétiquement son volant. Un bruit de tôle froissée, de verre brisé. La voiture a embouti le camion qui roulait à côté d'elle. Profitant de la confusion, je m'éclipse par une petite fenêtre qui donne dans une laverie, et j'atterris sur un tas de linge amidonné. Hurlements. Les hommes me jettent des serviettes. Je me glisse sous la porte de la cave voisine, encombrée de vieilleries et, de là, tout le long des tuyaux, jusqu'aux égouts.

Sur le point de m'endormir, bercé par le bruit cadencé des roues contre les rails, je revis tous ces incidents. Ils m'enveloppent, se superposent et s'interpénètrent pour créer l'étrange mosaïque de la mémoire. J'ai l'impression illusoire de me mouvoir dans un tunnel mobile, une spirale où je cours, essayant en vain d'en sortir. Mais ce boyau n'a pas plus de fin que de commencement, je me suis retrouvé dedans d'un seul coup, sans trop savoir comment. D'ailleurs je ne me déplace pas de la même façon que d'habitude. Ici, pattes et griffes sont inutiles. Je vole, je vole à travers les événements de ma vie, à travers les divers épisodes que je me remémore, comme à l'intérieur d'un gigantesque égout.

Brusquement, je me réveille. Un rat étranger, une femelle en chaleur, tend vers moi son arrière-train, exhibe sa vulve gonflée, injectée de sang, et piaille. L'excitation me gagne. Un instant plus tard, tous deux apaisés, nous nous couchons l'un contre l'autre. La femelle rampe et se glisse sous ma tête, elle s'enfonce sous mon ventre. Sous ma mâchoire inférieure, je sens son cou chaud, duveteux.

Le train freine et s'arrête. Nous descendons pour

nous mettre en quête d'eau et d'une nourriture plus variée, car les grains qui remplissent les sacs ont un goût assez monotone.

Nous explorons les environs sans nous éloigner. Dans ce genre d'expédition, il faut prendre bien garde de revenir avant le départ du train. Au fil des arrêts, je constate que les rats autour de nous ne sont plus les mêmes, dans chaque gare certains font halte, d'autres les remplacent.

Lors d'une station, un grand rat noir fait irruption et m'attaque aussitôt avec fureur.

Il me poursuit longtemps à travers le wagon, impatient de me trancher la gorge avec ses dents. Ma nouvelle femelle observe la scène avec indifférence, tout en cherchant des puces dans son épaisse fourrure.

Le train démarre. Le rat noir cesse de me courir après. Il restaure ses forces en mangeant du grain. Caché au fond du wagon, à l'intérieur d'un sac, j'oublie le danger et je m'endors, bercé par le bruit. Soudain, une douleur violente me vrille le cou, le rat noir s'abat sur moi de tout son poids. Je déchire son oreille glabre. Il couine de rage et nous nous jetons l'un sur l'autre. Il est plus âgé, plus fort et plus habitué que moi au combat avec d'autres rats. En appui sur nos queues, nous nous dressons face à face, grognant, piaillant et montrant les dents. Ses incisives, exceptionnellement longues et pointues, ont laissé sur mon cou une trace sanglante. S'il avait frappé plus au milieu, entre les oreilles, il m'aurait cassé la colonne vertébrale. Nous nous observons, pleins de haine, redoutant chacun l'assaut fulgurant, mortel. Il me saute à la gorge et se renverse sur le dos. Je tourne sur moi-même et me tords, tandis que ses dents s'enfoncent dans mon pelage.

Ma seule chance de salut réside dans la fuite. Je parviens à escalader un tas de sacs. Sentant sa présence derrière moi, je me retourne et je prends une posture d'attaque. Il s'est arrêté, désorienté par mon brusque accès de courage. Utilisant comme un tremplin les nœuds des câbles d'acier qui retiennent les sacs, je bondis très haut, jusque dans l'aérateur d'où l'air sort en sifflant. Le vent me repousse vers l'intérieur. Je me presse contre les pales qui tournent et, sous l'effet de mon poids, leur mouvement se ralentit jusqu'à l'arrêt complet. Me voilà à l'extérieur, sur le toit du wagon.

Convaincu que mon persécuteur renoncera à me poursuivre, je plaque mon ventre contre la surface tapissée de carton bituminé. Dans cet espace ouvert, à la lumière éclatante du jour, je me sens menacé de tous les côtés. J'ai beau m'aplatir, j'ai peine à garder l'équilibre. Brusquement le rat noir surgit. Comment est-il arrivé là, est-il passé comme moi par l'aérateur ou bien a-t-il trouvé un autre chemin ? Ses dents claquent dans le vide. J'ai réussi à l'éviter d'un bond de côté et à présent je glisse de plus en plus sur le toit convexe. Le rat noir me regarde d'en haut. Il n'attaque plus. J'ai cessé d'être dangereux. Je me laisse aller et je dévale jusqu'en bas, le vent m'arrache au train et me précipite au sol, juste à côté des rails qui grondent.

Je cours sur la voie de chemin de fer, derrière le bruit du train qui s'éloigne. La nuit est tombée, le disque brillant de la lune paraît suspendu au milieu du ciel. Un vent froid m'assaille de toutes parts.

Sauter par-dessus les traverses successives est épuisant. Les petites pierres acérées m'entaillent les pattes et me font mal. Je grimpe sur le rail, dont la surface lisse et suffisamment large permet une progression aisée. Mais, un instant plus tard, je dois renoncer : le métal affreusement froid me glace le ventre.

L'espace vaste et dégagé où j'évolue m'inquiète. Dans ces conditions, toute rencontre avec un hibou, un chat ou un chien serait particulièrement dangereuse.

Un grondement de plus en plus fort me signale l'approche d'un train. Il me croise à pleine vitesse.

Caché derrière une grande pierre blanche, j'observe les carrés de lumière des fenêtres. Le train s'éloigne. Je me remets en route. Il me faut traverser un pont, puis un tunnel.

Il fait de plus en plus froid. La lune a disparu sous une épaisse couche de nuages sombres.

Il neige – c'est la première neige de ma vie. Je dois absolument atteindre une gare, monter dans un wagon, poursuivre mon voyage.

Quelques peaux de saucisse trouvées dans un bout de papier gras me réconfortent. Je repars. La nuit touche à sa fin et je devrai bientôt renoncer à aller plus loin.

Des oiseaux survolent la voie. Je m'aplatis autant que je peux contre le rail tapissé de neige humide. Soudain, j'entends le halètement d'un chien. Il a repéré ma trace. Je fais un bond de côté et j'atterris dans un fossé. Il aboie, se précipite à mes trousses, mais sous son poids la fine couche de glace que j'ai pu traverser en toute sécurité se brise. Tandis que le chien, glapissant et furieux, patauge dans l'eau glacée, je cours vers une meule dont la masse sombre se détache sur le fond plus clair du ciel.

Je viens de l'atteindre lorsque j'entends à nouveau les aboiements du chien qui a retrouvé ma piste. Rassemblant mes dernières forces, je m'enfonce dans le foin dense et odorant.

Je chasse les souris qui se sont abritées dans la meule pour l'hiver. Une belette, longue créature blanche aux dents fines et acérées, me fait déguerpir.

Progressant dans la neige duveteuse où je m'enfonce, je rejoins les bâtiments tout proches. Dans une immense grange règne une chaleur paisible.

Jusqu'à présent, je n'ai pas rencontré de rats.

Pendant la nuit, je passe de la grange à l'étable, où je repère les traces d'une femelle. Je trouve son nid. Elle est tapie là, le dos hérissé : mon apparition lui a fait peur. Elle est seule, les hommes ont mis en fuite ou exterminé les autres rats. Sous le plancher de l'écurie, dans la porcherie, dans le poulailler et dans la maison, j'explore leurs trous un par un. Dans le grenier, je repère des pièges rouillés : les vieux appâts empoisonnés témoignent d'une guerre longue et acharnée.

Ma décision est prise, je vais passer l'hiver dans cette maison perdue au milieu des congères.

La femelle m'a d'abord accueilli avec méfiance, mais elle ne tarde pas à m'accorder ses faveurs. J'ai découvert un nid chaud et confortable dans les soubassements de la maison, d'où partent des corridors qui mènent dans plusieurs directions : vers la petite cave où s'accumulent les tonneaux remplis de choucroute et de concombres en saumure, et les pots contenant toutes sortes de denrées ; vers le poulailler contigu ; vers la cuisine d'où s'échappent de savoureux effluves ; vers la cour sur laquelle donne la sortie la plus éloignée, à proximité d'une remise à outils.

Je reste tout de même sur mes gardes : il ne faut pas oublier que je suis en terrain inconnu, étranger. Les dépendances, tout comme la maison, sont construites essentiellement en bois, ce qui me permet de ronger les parois et de creuser des passages entre les différentes pièces. Le chien a flairé ma présence, le chat aussi. Le chien aboyait déjà tandis que je me frayais un passage dans la neige pour atteindre la maison. Maintenant, il aboie lorsque je passe à côté de sa niche. Le chat m'a repéré et il a essayé de m'attaquer. J'ai évité l'affrontement en me glissant dans le premier trou venu. Mais nous nous sommes bientôt retrouvés nez à nez dans un coin de la grange d'où je ne pouvais m'échapper et il s'est jeté sur moi avec un miaulement furieux. J'ai pris une attitude de défense en me dressant sur mes pattes de derrière et le chat s'est arrêté net, surpris par ma taille et par mon courage. Alors je me suis précipité sur lui, le mordant aux oreilles, au nez et au cou. Ses griffes ont labouré mon dos, et comme il essayait d'attraper ma queue qui fouettait l'air, il a exposé son museau et j'en ai profité pour planter mes dents dans sa mâchoire inférieure. Il m'a lâché et s'est enfui, terrifié.

Tout ensanglanté, j'ai regagné mon nid avec une patte foulée, le dos déchiré et la queue cassée. Me voilà bien mal en point.

Dès qu'il me sent dans les environs, le chat se hérisse, arque le dos et miaule. Il a peur, j'observe son angoisse.

A présent je ne m'enfuis plus. Je me sens fort et souvent je passe exprès juste sous son nez.

Plusieurs fois, j'ai profité de l'absence des hommes pour le chasser de sa place favorite près du poêle, où il aime se prélasser. Il me hait, il montre les dents et gronde.

Le temps s'écoule et les hommes n'ont toujours pas éventé ma présence, ils ne posent pas de pièges, ne répandent pas de blé empoisonné ni d'autres substances mortelles. Ma femelle met bas. Dans le nid bien caché les petits rats grandissent vite. Il fait chaud, sauf dans les couloirs où souffle un air froid, désagréable.

Je rapporte au nid des plumes, du duvet, de la paille et même des morceaux de bois.

L'énorme armoire qui se trouve dans une chambre m'intrigue. Dès que les hommes ont quitté la maison, je creuse un trou dans le bois et je pénètre à l'intérieur. Le linge blanc empilé convient parfaitement à mes besoins. Je découpe des morceaux de toile que j'emporte dans mon nid. Je fais la navette entre mon trou et la chambre. J'arrache aussi des lambeaux de laine aux vêtements suspendus dans l'armoire.

La chasse aux rats a repris. Les hommes ont cloué une planche pour obstruer le trou dans le meuble, ils disposent des pièges, des appâts empoisonnés :

têtes de poule, poissons, œufs, petits gâteaux, graines. Les souris s'empoisonnent en masse. Le chat crève pour avoir mangé du poisson fumé.

Les ratons effectuent leurs premières sorties en solitaires.

Quelques-uns périssent, d'autres survivent. Bientôt ils fonderont leurs propres nids.

Après les tempêtes de neige et les longues périodes de gel où la ferme restait ensevelie sous la neige et cernée de hautes congères, arrivent des jours moins froids.

Nous, les rats adultes, aussi bien la femelle que moi-même, nous ne touchons pas aux friandises empoisonnées, nous les repérons sans peine et les signalons en y laissant nos excréments.

Entre le poulailler, l'étable, l'écurie, la porcherie et les celliers, la nourriture abonde.

Je transporte avec ma queue les œufs que les poules viennent de pondre, je mange l'avoine distribuée aux chevaux, je me glisse en catimini dans le garde-manger où sont entreposés des morceaux de lard, des fromages et des saucissons, des sacs de farine, du gruau et du sucre.

La neige fond, le vent devient moins piquant, le soleil plus chaud.

Une nouvelle génération de rats quitte le nid. Les femelles de la première portée qui ont survécu attendent déjà des petits.

Avec une jeune femelle, nous tuons à coups de dents tous les poussins, des petites boules de duvet que les hommes ont lâchées dans le poulailler.

De notre nid, nous entendons des voix irritées, agressives, qui profèrent des sons informes.

Bientôt tu quitteras cette maison pour entreprendre un nouveau voyage, une expédition vers une ville inconnue qui existe quelque part, tu le sais, avec son vaste réseau de caves et de canaux ténébreux.

Les hommes bouchent les trous avec d'énormes chevilles de bois qu'ils enduisent ensuite de goudron. Mais pour nous, les rats, creuser une nouvelle galerie dans l'argile ou ronger un trou dans une planche vermoulue ne présente pas de difficulté. Ainsi, chaque nid possède plusieurs sorties différentes et de multiples connexions avec d'autres trous du voisinage.

En pleine nuit, le besoin urgent de partir me réveille. J'abandonne mon nid bien chaud où dort une nouvelle portée de ratons et, traversant un champ trempé sous une pluie battante, je prends la direction de la voie ferrée.

Vers le matin, tu es arrivé à l'endroit où les voies bifurquent et courent devant toi, parallèles. Des trains passent à côté de toi.

La gare est proche.

J'étanche ma soif dans un fossé et je me mets en quête d'un train qui me convienne.

Pendant tout ton voyage le long de la voie ferrée, tu n'as pas rencontré de rats, il fait encore trop froid et ceux qui habitent par ici ne sont pas pressés de quitter la chaleur douillette des caves et les remises.

Une odeur de grain qu'on transvase. Tu t'approches, tu te faufiles entre les tuyaux de tôle tout pleins de bruissements. Sur le sol de béton, des rats tirent et poussent un des leurs qui gît sur le dos. De ses pattes écartées, il maintient en équilibre sur son ventre un gros tas de graines, manœuvrant avec son dos pour que rien ne tombe. Les autres serrent délicatement ses pattes et sa queue entre leurs dents, attentifs à ne pas le blesser, et lui soutiennent les flancs. Ils le traîneront avec son chargement jusqu'au trou où ils amassent leurs provisions. Ils ont tous le dos usé par le frottement. Ils te flairent, puis émettent des piaillements furieux. Le rat qui était couché le ventre en l'air se débarrasse de ses graines et accourt vers toi.

Le train que tu as choisi est arrêté le long d'un quai assez haut pour te permettre d'y pénétrer facilement.

Mais la foule humaine t'effraie, tu voudrais fuir, trouver un autre chemin. Pourtant tu restes.

Tu te faufiles à l'intérieur par un tuyau de décharge sous le wagon, et tu vas te tapir derrière le réservoir d'eau, dans les toilettes. Par une porte entrouverte, tu te glisses dans un compartiment.

Dissimulé sous une large banquette recouverte de tissu, au niveau de l'installation de chauffage, tu observes les jambes humaines qui vont et viennent. Jamais encore tu ne t'es trouvé aussi près des hommes, tu n'as entendu aussi distinctement leurs voix.

Le balancement du train te berce et tu t'assoupis ; étendu entre les tuyauteries chaudes, tu es tombé dans une sorte de torpeur intermédiaire entre la veille et le sommeil, où affluent les souvenirs et les images.

L'atmosphère du wagon surchauffé favorise ton engourdissement.

Tu es en quête d'une ville, une ville que tu cherches et que tu redoutes, car toujours tu appréhendes l'inconnu, l'incertitude, la nouveauté.

Le train s'arrête, des passagers descendent, d'autres montent ; ils apportent avec eux l'odeur de la pluie et de la boue des rues. Vous traversez des localités étrangères qui ne sont pas ton but. La ville que tu veux atteindre, c'est celle dont le vieux rat recherchait partout les effluves.

Tes narines n'ont pas gardé le souvenir de ce parfum-là, et jamais tu n'auras la certitude d'être bien parvenu à destination.

Je reconnaîtrai cette odeur tout de suite, je la distinguerai parmi toutes les autres, je trouverai la ville où il a voulu retourner. Peut-être qu'après s'en être enfui il s'est convaincu que nulle part il ne se débarrasserait de son angoisse, de sa peur, de ce sentiment de menace omniprésente.

Il t'a inculqué sa férocité, son besoin de vagabonder, ses rêves tourmentés. Toi non plus, tu ne trouves jamais le repos, tu ne cesses de changer d'endroit, tu cherches sans répit.

Les hommes entrouvrent la vitre et dans le compartiment pénètre un vent froid et humide qui témoigne de la proximité d'une grande étendue d'eau. Je me réveille et j'aspire cet air à pleines narines. Cette fois, tu es arrivé.

Le fracas cadencé des rails se ralentit, le train franchit un aiguillage. Les hommes rassemblent leurs bagages, referment leurs sacs et leurs valises.

Enfin la gare. Ils quittent tous le compartiment. Le dernier qui sort referme derrière lui la porte coulissante.

J'attends que l'agitation dans le couloir se calme. Me voilà enfermé. Je saute sur le siège et sur l'appui de la fenêtre. Pas la moindre fissure. Comme un fou, je tourne dans le compartiment, je m'attaque furieusement à la porte à coups de griffes et de dents.

Tu es arrivé dans cette ville dont tu aperçois les vagues contours, mais tu ne peux pas quitter cette boîte hermétiquement close.

Tu cours dans l'espace étroit, tu grimpes sur les porte-bagages, tu scrutes tous les coins et recoins en piaillant, sans même t'apercevoir que le train s'est remis en marche, qu'il poursuit sa course.

Il s'arrête sur une voie de garage. Toi, tu frappes ta tête contre les vitres et les parois, tu ronges ici ou là pour essayer de sortir.

Au matin, lorsque la première lueur grise pénètre à travers les vitres, la femme de ménage ouvre la porte et tu te rues dehors, frôlant ses pieds.

Elle pousse un cri, donne des coups frénétiques sur le plancher avec un chiffon fixé au bout d'un long manche.

La porte du wagon est ouverte. Tu sautes dans le brouillard blanc qui flotte au-dessus des rails.

Au soir d'un jour torride, tandis que tu filais à travers la cour, derrière le restaurant, une pierre est passée au ras de ta tête, puis elle a rebondi sur la paroi de brique du local des poubelles et, arrivée au bout de sa course, elle est tombée sur un tas de boîtes de conserve, provoquant un tintamarre qui s'est répercuté dans le puits sombre de la cour. Ses échos t'ont poursuivi un moment dans cette cave remplie de bonbonnes de vin glougloutant, renvoyés par les murs lisses et les surfaces de verre.

Chaque fois tu longes la cave froide et, empruntant un long tunnel, tu atteins le conduit de ventilation qui communique avec la cuisine. Une chaleur exténuante y règne et le souffle d'air chaud apporte des odeurs enivrantes qui excitent ta faim.

Tu grimpes le long d'un mur abrupt, non crépi, et par un trou entre des briques fissurées tu passes dans le conduit voisin. A présent tu descends. Tout au long de ce périple qui se déroule dans une obscurité quasi totale, ce sont tes vibrisses, ton flair et la consistance du sol qui te guident. Tes pattes s'enfoncent dans une fine couche de cendre : tu te trouves donc dans la chaufferie, où est produite l'eau chaude qui alimente les différentes parties du bâtiment.

Tu es presque arrivé. La plupart des maisons ont plusieurs étages de caves, dont les plus profondes sont oubliées et condamnées. Les hommes n'y viennent plus depuis longtemps. C'est notre domaine à nous, les rats ; ici nous nous sentons en sécurité, personne ne nous piste ni ne nous pourchasse, pas de pièges ni de poison. Les chats eux-mêmes évitent ces souterrains, redoutant notre supériorité.

Mon nid se trouve au niveau le plus bas, dans un immense local en brique, parmi des meubles si vieux qu'ils tombent en morceaux. Les nids de rats y sont nombreux, aménagés directement sur le plancher ou à l'intérieur des armoires et des buffets vermoulus. Je suis le plus grand, le plus fort et le plus rapide de tous les rats d'ici.

Ils m'ont accueilli et laissé prendre mes habitudes dans cette ville maritime inconnue.

De la cave renforcée par de puissants étais de bois, on peut accéder aux labyrinthes voisins, aux espaces souterrains qui courent sous tout le vieux quartier, aux égouts, et rejoindre le port. La plupart des passages ont été construits par les hommes, mais beaucoup de failles ont été ravinées par le ruissellement de l'eau ou agrandies par des affaissements de terrain. Les rats les ont reliées par leur propre réseau de tunnels et de couloirs.

Là, au plus profond des souterrains, même les saisons ne perturbent pas le rythme de notre vie.

L'eau constitue la seule menace, inondant parfois certaines caves lors de violentes averses.

Mes femelles cohabitent en paix, veillent sur les petits à tour de rôle, assurent le ravitaillement et la sécurité. Parfois elles confondent leur progéniture, ce qui engendre quelques bousculades et de menues morsures.

Lorsque tu t'es retrouvé sur le vaste terrain découvert où couraient les rails, dans un brouillard épais et blanc, paralysé par le froid pénétrant, tu as d'abord songé à te glisser à nouveau dans un wagon. Mais la tentation n'a duré qu'un instant. L'appel lointain d'une sirène de bateau, par-dessus les toits de la vieille ville, t'a irrésistiblement attiré de l'autre côté.

J'ai longé les rails dans la brume, dans la direction de cette voix inconnue, le poil hérissé, rempli de méfiance et d'effroi.

Non sans mal, je suis parvenu au bout du chemin de fer, j'ai erré longtemps dans les immenses entrepôts de ferraille, je me suis faufilé à grand-peine entre les mailles d'un haut grillage, j'ai traversé la rue d'un bond juste devant le capot d'une énorme voiture, puis emprunté le viaduc surplombant les voies ferrées ; ensuite, j'ai marché dans un grand parc. La sirène qui hurlait toujours m'indiquait la route.

Tu as abouti dans le fouillis de ruelles du vieux quartier, parmi les maisons étroites et hautes. Immédiatement, tu as repéré l'odeur de nombreux nids de rats, ce qui t'a effrayé, bien que l'atmosphère fût paisible et silencieuse. Par une petite fenêtre entrouverte tu t'es glissé dans la cave la plus proche et c'est là que tu as rencontré le premier rat, qui a flairé avec attention ta fourrure trempée.

Tu t'enfuis. Il se lance à tes trousses à travers les caves et les corridors.

Tu l'as semé. Te voilà seul et tu t'endors, tu as besoin de repos. Quand tu te réveilles, tu es entouré de rats qui te touchent avec leurs vibrisses, te reniflent, t'effleurent de leurs dents.

Engourdi, paralysé par la peur, je reste là au milieu, cerné, n'osant faire le moindre geste. Les nerfs à vif. Les rats observent mon comportement, éprouvent ma résistance. J'essaie de faire comme si rien ne me menaçait. De mon museau, je frôle le rat le plus proche tout en montrant mes dents puissantes.

Il recule. Je m'assois sur mes pattes postérieures et commence ma toilette. Je me lave longuement, ma langue débarrasse mon pelage de la poussière qui le souille, je lisse mes poils un par un, attrapant les puces au passage.

Les rats guettent mes réactions. Ils m'auraient attaqué depuis longtemps si je n'étais pas si grand, si calme, et doté de pareilles dents.

Pourtant ma peur et ma nervosité étaient telles qu'il me devenait à chaque instant plus difficile d'affecter une attitude impassible.

Eh bien non, ils ne te feront rien. Tu t'es pourtant endormi dans un nid étranger, mais ton pelage mouillé t'a aidé à t'imprégner de cette nouvelle odeur. Tu sens désormais comme les autres rats de l'endroit. Les femelles tendent l'arrière-train vers toi. Regarde. Je ne m'en rendais pas encore compte, je me sentais étranger. J'avais peur.

Un chat, attiré par notre présence, pousse un cri perçant. Il est là qui miaule sous la porte, griffe et mord les vieilles planches.

Nous nous enfuyons dans la cave contiguë.

Je prends connaissance de la ville, je l'explore. Elle est différente de celle que j'ai quittée, habitée par de nombreuses populations de rats. Je suis chassé à plusieurs reprises. La poursuite ne dure jamais longtemps car ils évitent le combat ouvert.

Il est facile ici de se procurer une nourriture abondante, les décharges regorgent d'ordures. Les placards à provisions des épiceries et des restaurants sont aisément accessibles, de même que les marchés couverts, les boutiques de fruits exotiques, les greniers pleins de froment et de blé – les rats peuvent se remplir la panse sans rencontrer d'obstacle.

C'est une ville magnifique, la ville de la mangeaille, la ville de l'assouvissement.

Tel est du moins le souvenir qu'ont laissé dans ta mémoire les premiers jours que tu y as passés.

Mais à présent une inquiétude nouvelle s'installe, car même ici, au plus profond des caves, on perçoit une certaine nervosité, une atmosphère pleine de craintes, de pressentiments.

Les bruits d'explosion, les détonations qui font trembler la terre et vibrer les murs sont encore lointains, très lointains, mais ils se rapprochent, je le sens nettement.

J'ignore ce qu'ils signifient et dans quelle mesure ils représentent pour moi une menace. Avant de m'endormir, je prête une oreille attentive à ces étranges bruits venus du fond de la terre et j'essaie d'en deviner le sens, l'origine.

Les échos lointains ont cessé de se rapprocher, ils se sont interrompus. On dirait ces coups de tonnerre qui, après la foudre, roulent au-dessus de la ville.

Pourtant ce ne sont pas des grondements d'orage, mais des bruits d'une autre sorte, pesants, oppressants. Ils secouent la terre, les immeubles jusqu'à leurs fondements.

Le pressentiment d'une menace suscite chez les rats des réactions violentes. Ils souffrent d'insomnie, se mettent à négliger le danger, s'attaquent sans réfléchir à des animaux plus forts qu'eux, déplacent sans arrêt leurs pénates, adoptent un comportement différent de celui qui les caractérise habituellement.

Ton inquiétude s'accroît encore quand tu vois les hommes, pris de panique, abandonner la ville. Beaucoup de logements restent vides. Tu en profites pour t'aventurer dans des quartiers inconnus, aérés et baignés d'une lumière vive, tu apprends à reconnaître des meubles et d'autres objets humains – lits, divans, tables, bibliothèques, armoires, buffets, chaises, stores, rideaux, lampes. Tu visites des chambres, des cuisines, des salles de bains. Tu t'aperçois que tu peux t'introduire dans chaque maison, soit par le système de ventilation, soit, quand il est grillagé, par le conduit des W.-C., une possibilité que tu viens seulement de découvrir. Pour sortir, il suffit de descendre à l'intérieur de la cuvette, de nager à travers la couche d'eau, vite franchie, puis un large tuyau te conduit vers l'égout le plus proche.

Par la suite, cette connexion très simple entre les habitations humaines et l'univers souterrain te sauvera plusieurs fois la vie.

Les grondements ont repris, plus intenses, ils viennent des confins de la ville.

C'est précisément dans ces circonstances, oui, c'est à ce moment-là que tu t'es rendu compte que ton plus grand ennemi, l'homme, n'était en réalité qu'une créature faible et vulnérable.

Il a surgi à l'intérieur du souterrain. Il tenait à la main une lampe de poche qui projetait une lumière incroyablement crue. Il marchait vite, sa silhouette voûtée obstruant l'étroit passage qu'empruntaient les rats dans leurs allées et venues quotidiennes. Sur sa tête, il portait un casque qui reflétait la lumière. Inquiets, tendus, les rats couraient à côté de lui, se faufilaient entre ses jambes, effleuraient son casque ou ses bras.

L'homme accélère l'allure. Soudain on entend le couinement aigu d'un rat écrasé. Ce souterrain conduit à une cave très profonde, dont les hommes ont depuis longtemps condamné les issues et oublié l'existence. Il ne reste plus qu'un escalier débouchant sur un mur de brique aveugle. Nous seuls, les rats, connaissons l'existence de nombreuses sorties inaccessibles à l'homme.

La cave fourmillait donc de rats et la soudaine irruption de l'homme a créé une confusion extrême. Il s'immobilise, braque sa lampe sur le sol, distingue vaguement l'escalier et avance dans sa direction.

C'est alors que nous passons à l'attaque. L'homme a atteint les premières marches, il éclaire la paroi de brique, découvre le rectangle muré de la porte et décide de faire demi-tour et de fuir par là où il est venu. Il réussit à se débarrasser de plusieurs rats accrochés à lui en les faisant tomber, en jette un de toutes ses forces contre le mur, broie la colonne vertébrale d'un autre.

Sa lampe nous éblouit. Comme il va atteindre la porte, il trébuche soudain, écrasant un petit raton encore aveugle. Folle de rage, la mère lui saute au visage. Il lâche sa lampe dont les rayons, braqués perpendiculairement au sol, dessinent à présent sur la voûte un cercle lumineux.

Je me jette sur lui et le mords, tranchant l'étoffe, la peau, la chair.

Il a beau se débattre, tuer et écraser tout ce qui passe à sa portée, je plante les dents dans son cou, le plus profondément possible, et m'introduis de force sous le casque de métal. D'autres rats font de même. Le casque tombe.

A genoux par terre, l'homme cherche à ramasser sa lampe de poche. En vain.

Déjà le sang lui inonde les yeux, le visage, les mains. Il gît là, recroquevillé sur lui-même, disparaissant sous la masse grise et grouillante.

Il se met à crier, à pousser des hurlements, à gémir.

Un rat force l'entrée de sa bouche, l'homme le coupe en deux avec ses dents, crache, puis se met à râler et se tait.

Il tombe à la renverse. De tous côtés, les rats accourent.

La tension s'est encore accrue. Les rats les moins combatifs abandonnent le vieux quartier, déménagent en quête d'un endroit tranquille, mais il n'y en a plus nulle part. La ville tout entière résonne de grondements incessants, de plus en plus forts. S'ils semblent parfois s'atténuer ou se taire, c'est pour recommencer, plus intenses et plus effrayants encore. Dans ces rares moments de répit, les rats retrouvent leur calme, ils se bercent de l'illusion que tout est redevenu comme avant.

La faim sévit, on ne trouve plus rien de ce qui faisait la nourriture habituelle des rats dans cette ville : poissons, viande, fruits, déchets divers.

La plupart des garde-manger sont vides et sur l'immense place du marché tout a disparu : les pièces de lard odorantes, les sacs de gruau, de pois, de haricots secs, les amoncellements de légumes. Même les greniers à blé, remplis naguère de froment et d'avoine, sont aujourd'hui déserts.

Ces changements sont survenus d'un seul coup. Quand exactement ? On ne saurait le dire. Dans les appartements aux portes grandes ouvertes, les armoires à provisions et les cuisines sont également vides. Les hommes ont laissé les meubles et le matériel, mais ils ont emporté avec eux tout ce qui se mange.

Les ressources offertes par les décharges sont depuis longtemps épuisées.

Des conflits éclatent sans cesse, des rats se querellent et s'affrontent. Le vaincu est aussitôt terrassé et dévoré. On ne tolère plus les étrangers désormais, au contraire : on les cherche, on les traque, on les tue.

Il est de plus en plus fréquent que des mères dévorent leur progéniture.

Une nuit, le bruit semble menacer directement le vieux quartier, les grondements sourds progressent vers lui en rampant, se rapprochent de plus en plus, enveloppent les maisons.

Le vent apporte des tourbillons de fumée corrosive. Les rats se sont terrés dans les caves et les trous les plus profonds.

Le feu ! La vieille ville brûle, les maisons s'écroulent, on sent trembler les murs, on entend craquer les voûtes.

La fumée, l'odeur de brûlé et l'oxyde de carbone s'infiltrent jusqu'au cœur de la terre.

Tu quittes l'abri menacé des caves au milieu d'une horde de rats.

Il en sort de partout, des porches, des vestibules, des souterrains et des égouts. Abasourdis et terrifiés, à moitié morts, étourdis par la fièvre.

Le vent arrache les toits qui brûlent, les arrose d'une pluie d'étincelles. Fous de peur, les rats filent droit devant eux, plus nombreux à chaque instant.

La horde n'a qu'un but : s'éloigner du feu, de la fumée, de l'incendie. Blessés, brûlés, aveuglés, ils fuient la ville en flammes.

Les premiers rangs, au milieu desquels je me trouve, ont atteint le fossé qui entoure la vieille ville. L'eau des douves est noire de rats qui nagent vers l'autre rive. Beaucoup se noient ; d'autres, nombreux, courent sur les dos et les têtes de ceux qui nagent. La terre se rapproche, je saute sur la berge.

Là aussi, des maisons brûlent et nous devons courir au milieu des explosions, sous une pluie de feu, de poussière, de débris de ciment et de brique.

Les hommes s'enfuient à notre vue, ils détalent et, dans leur effroi, vont se réfugier sous des porches sur le point de s'effondrer.

Nous nous joignons à d'autres groupes, ce qui augmente encore notre nombre ; bien que beaucoup périssent, la cohorte des rats ne cesse de croître. A un moment donné, je saute sur un tonneau renversé et découvre, tout autour de moi, des milliers d'échines en mouvement, telle une immense mer grise qui remplit la rue jusqu'à l'horizon.

Nous longeons le canal qui mène au port, à la mer où tout paraît calme jusqu'à présent.

Toute la nuit nous avons marché, toute une longue nuit, harassés de fatigue. Dans la fumée, la puanteur, l'odeur âcre de brûlé et la poussière, fouettés par une pluie fine. Sautant par-dessus les trous d'eau, franchissant les marécages, les dunes de sable, les petits jardins, les vergers.

Lorsque nous atteignons enfin des quartiers d'habitation, très loin de notre point de départ, nous

nous dispersons en hâte dans les rues à la recherche de cachettes. Le vent chargé des émanations de l'incendie change soudain de direction. Je hume le parfum de la mer toute proche.

Le vent, qui souffle presque continuellement, provoque des rhumes, des maux de tête, des insomnies. Quand on a habité aussi longtemps que toi le vieux quartier, séjourner dans le port, tout près de la mer, semble pénible au début. Lentement, tu t'habitues à ces nouvelles conditions climatiques. Tu te familiarises avec le parfum saumâtre et frais de la mer, avec le murmure des flots houleux et la proximité de cet élément qui t'était jusqu'alors étranger.

Je me suis installé dans un bâtiment en brique de dimensions modestes, avec un toit en pente raide couvert de tuiles que le vent arrache souvent, et des caves peu profondes.

Dans un petit local, sous le perron de l'entrée, j'ai trouvé une bouche d'incendie identique à celle de ma ville natale. C'est sans doute pour cette raison que j'ai établi là ma demeure. J'entendais les hommes marcher au-dessus, je percevais le moindre de leurs pas, mais ces bruits me sont vite devenus familiers et ont cessé de m'inquiéter. Ma cachette était bien sûr dotée de plusieurs issues de secours. Elle communiquait avec la cave voisine et aussi avec l'extrémité des différents conduits de cheminée, ce qui me permettait d'aller me promener dans tous les appartements de ce bâtiment. Mais le passage le plus intéressant à mes yeux menait sous le plancher du logement du rez-de-chaussée, le plus proche ; là, je pouvais sans risque et sans le moindre obstacle épier tous les sons produits par les hommes et humer les délicieux effluves de la cuisine. Je n'ai pas tardé à découvrir d'autres chemins, à me faufiler sous les planchers d'autres appartements, dans les maisons contiguës à la mienne. Par les conduits de ventilation, j'accédais sans difficulté au premier étage et à une mansarde habitée.

La maison en brique était située dans une rue tranquille et peu passante. L'arrière donnait sur un verger avec beaucoup d'arbres fruitiers et de buissons divers. Au-delà du verger, tout autour, s'étendaient des remises, des débarras, des petites porcheries, des poulaillers, des baraques, des cabanes W.-C., des jardinets, des clapiers, des pigeonniers attenant à d'autres maisons, nettement plus petites.

Les rats avec lesquels tu es arrivé ici ne sont pas restés. Quand il pleuvait, les égouts de ce quartier se remplissaient d'eau et il devenait impossible d'y habiter. Beaucoup de tes compagnons se sont noyés et les autres ont poursuivi leur course le long du littoral, en quête de régions plus propices. Certains se sont fixés dans les caves ou sous les planchers des maisons de la côte, dans les bâtiments portuaires, les entrepôts, les greniers à blé, sous les viaducs, au bord des fossés, des digues et des canaux d'irrigation.

Je me suis très vite rendu compte que le quartier était traversé par le canal principal reliant la mer à la ville, aux cales sèches, aux docks, aux entrepôts.

Les navires de passage signalaient leur arrivée par un long hurlement de sirène. C'est alors que tu t'es mis à songer à un nouveau voyage. Ton actuelle demeure se trouvait tout près de la voie qu'empruntaient les navires. Tu t'aventurais souvent jusqu'au bout du port, tu te promenais sur le quai de pierre et tu regardais, en bas, l'eau recouverte d'une épaisse couche d'huile où se mirait la lune.

Il te suffisait, une fois la cour franchie, de traverser le plus vite possible la rue parallèle et la zone de construction qui s'étendait derrière, puis une série de rails, et déjà commençait le vaste quai longeant le canal. Parfois, tu descendais le petit escalier rugueux jusqu'en bas, au niveau des flots indolents, et tu te promenais sur les puissants madriers recouverts d'algues et de coquillages. Tu y trouvais des petits poissons, des crabes, des mollusques, des bigorneaux qui apportaient un peu de variété dans ton alimentation assez monotone – tu dérobais la nourriture des poules et des cochons.

La chaleur est arrivée et j'ai décidé de retourner dans le vieux quartier. Il me tardait de regagner les longues galeries souterraines, les égouts et les caves.

Tu es de retour. La ville est en ruine. Une grande partie des égouts et des caves s'est affaissée ou écroulée. Partout, on sent l'odeur âcre du brûlé, la puanteur insupportable de la fumée ne se dissipe que très lentement. Les premiers rats se sont déjà installés dans les décombres où ils dévorent les charognes.

Au milieu des ruines, dans les caves menacées d'être ensevelies sous des éboulis de gravats, je découvre des cadavres en putréfaction : hommes, chiens, chats et rats. Les oiseaux de proie tournent inlassablement au-dessus de la ville en ruine.

J'ai retrouvé la maison de brique dans ce quartier du port où je sentais l'odeur de la mer et où le vent qui soufflait sans cesse produisait, en s'engouffrant dans les conduits de ventilation, une sorte de mélodie sifflante, insolite.

Tu mènes à présent la vie toute simple d'un rat qui fouille les poubelles de tôle, creuse des passages et des couloirs toujours nouveaux, s'en prend aux friandises cachées dans les magasins et les garde-manger.

Je sais qu'un voyage m'attend, qui sera plein de dangers, de désillusions, de combats et de quêtes. Tu vas poursuivre ton errance, encore et toujours, de plus en plus loin, et tu aspireras avec d'autant plus d'ardeur au retour.

Te souviens-tu ? Tu t'approchais la nuit des bateaux, tu contemplais les épais câbles d'amarrage, les chaînes des ancres, les échelles de coupée abaissées, les grues. Tu venais jusque-là malgré les chiens affamés qui rôdaient dans le port, les chats énormes et redoutables, les hiboux qui tournaient en silence au-dessus des quais faiblement éclairés. Pourquoi courir ce risque, pourquoi t'exposer ainsi aux dents, aux becs et aux griffes mortels ?

Les bateaux suscitaient ma curiosité, je voyais en eux des morceaux de continents flottants qui permettaient, tout comme les trains, de traverser d'immenses espaces avec relativement peu d'efforts.

Dans ta ville natale, tu te hasardais souvent avec le vieux rat dans le port fluvial envahi de péniches. Marqué sans doute par le souvenir lointain de quelque incident pénible, le vieux rat montait rarement à leur bord. Il craignait aussi les grosses mouettes blanches qui survolaient l'eau.

Tu avais bien remarqué que les rats logeant dans les péniches défendaient jalousement leur territoire exigu et attaquaient avec beaucoup plus d'agressivité que ceux qui vivaient ailleurs dans la ville.

Mes sorties me menaient toujours devant le même bateau. Je m'avançais le plus près possible et, debout sur mes pattes de derrière, je frôlais avec mes moustaches les câbles puissants, puis je reculais, je faisais demi-tour et je retournais à l'abri du danger, vers mon trou, vers le labyrinthe de couloirs et de passages qui s'étendait sous toute la surface de la longue maison de brique et des bâtiments contigus.

Tu avais peur de monter sur le bateau, tu appréhendais de rompre le contact avec la terre ferme, la pierre dure du quai.

Je ne voulais pas, je m'étais habitué à mon environnement, à la maison, aux décharges, aux chemins familiers, aux voix humaines. Je connaissais chaque recoin, chaque angle du mur, les rides du crépi, la moindre tache, les fissures, les toiles d'araignées.

Tu te préparais au voyage, tu attendais les événements qui t'aideraient à t'embarquer et à prendre le large, laissant derrière toi cette ville.

Le long des caniveaux, dans les ruelles du port, file une ombre grise. Au moindre bruit, elle se plaque au sol, cherche à se confondre avec les pavés. Soudain elle s'arrête, tend l'oreille : derrière une fenêtre, quelqu'un joue de la flûte.

Tu viens ici tous les jours. La maison d'où proviennent ces sonorités qui t'attirent est située dans la rue même où tu habites. De loin, tu repères le moment où l'homme se met à jouer, et aussitôt tu quittes ton nid. D'autres en font autant et l'homme n'est pas conscient de cette quantité de rats qui l'écoutent. Ils accourent de tous côtés, escaladent les gouttières, montent sur le toit, s'introduisent dans les conduits de la cheminée, grimpent dans les arbres, se faufilent sur la balustrade du balcon, se collent contre le mur.

Les sons que l'homme tire de son instrument long et sombre ont un effet étourdissant, ils t'appellent, t'attirent. Irrésistiblement, tu t'approches toujours plus près de leur source, de l'endroit d'où ils émanent, tu veux savoir d'où ils viennent, tu veux les toucher.

L'homme joue. Sa silhouette un peu voûtée se détache nettement sur le fond du rideau éclairé. Et c'est ainsi tous les soirs, lorsque le soleil a disparu sous l'horizon et que les oiseaux s'apprêtent au sommeil. Il joue, malgré tous les bruits qui montent des logements situés plus bas, malgré les gargouillements et les fracas divers qui visent à couvrir la mélodie de son instrument. Car dès qu'il commence à jouer, ses voisins des étages inférieurs adoptent un comportement particulièrement bruyant.

J'accours, je me rapproche de la source sonore. Tout autour, de toutes les caves et de tous les recoins surgissent des rats. Leurs ombres longues et agiles emplissent la rue déserte. Sous le balcon d'où filtre la musique, les plantes bougent, comme effleurées par le vent.

Tu as voulu venir le plus près possible. Profitant du lierre qui couvre le mur de la maison, tu as grimpé jusqu'au balcon et tu t'es glissé à l'intérieur. Du haut de l'étagère chargée de livres, tu observes l'homme qui tient contre sa bouche le long tuyau noir d'où sortent ces sons qui te transforment, t'arrachent à toi-même, t'engourdissent.

Figé, paralysé, j'écoute la musique. Comme dans un rêve, et pourtant je sais que ce n'en est pas un.

L'homme cesse de jouer, il ôte l'instrument de sa bouche, le replie, le range dans un étui allongé qu'il referme. D'un coup, je retrouve mon agilité, le monde alentour redevient effrayant, j'ai peur, le moindre bruissement cache une menace.

La musique avait un effet apaisant, elle me donnait un sentiment de sécurité totale, comme si je me trouvais d'un coup libéré de la contrainte permanente, absolue de se procurer de la nourriture, de s'user les incisives en rongeant, de chercher de nouveaux passages, d'être toujours sur ses gardes, redoutant l'attaque d'un chat, d'un hibou, d'un renard ou de rats étrangers. Cette musique me débarrassait de toute angoisse, me calmait, me mettait dans un état d'engourdissement délicieux.

Tu l'aurais suivie n'importe où, partout où elle t'aurait conduit. Dès l'instant où tu l'as entendue pour la première fois, tu n'as eu de cesse de l'écouter à nouveau. Chaque soir, tu l'attendais, et les jours où le vieil homme ne sortait pas sa flûte de l'étui, tu te sentais malade, inquiet, nerveux. Les autres rats se comportaient eux aussi de manière plus agressive, s'attaquaient mutuellement, se mordaient et couraient en tous sens, s'en prenant même aux hommes.

Le musicien, lui, ignorait tout des rats, il ne les voyait pas se rassembler autour de sa maison pour l'écouter.

La rue où il habitait menait tout droit au port, au quai où étaient amarrés les bateaux. Je me souviens du hurlement d'un homme mordu par un rat : il lui avait marché sur la queue dans l'obscurité.

Le vieillard cessa immédiatement de jouer et sortit sur le balcon : les rats qui s'étaient réunis là pour l'entendre se dispersèrent aussitôt. Caché sous un tas de vieux papiers, au pied du mur, tu écoutais les gloussements des hommes qui accouraient dans la rue.

Le lendemain, à l'heure habituelle, juste avant de sortir son instrument de l'étui, l'homme ouvrit largement les portes du balcon et installa une chaise dehors pour mieux voir ce qui allait se passer dans le cercle de lumière d'un lampadaire à gaz.

Lorsqu'il se mit à jouer, les rats commencèrent à affluer comme d'habitude en direction de la maison, marquant un temps d'arrêt à la limite de la zone éclairée, avant de sauter prestement par-dessus la tache lumineuse. Il y en avait de plus en plus. Il les contemplait – une multitude d'ombres grises immobiles, étourdies, figées dans l'écoute.

A partir de ce soir-là, il joua toujours de cette manière, en observant attentivement notre comportement.

Cependant, les habitants du rez-de-chaussée et des maisons voisines essayaient par tous les moyens d'étouffer sa musique en branchant toutes sortes d'installations bruyantes et en braillant.

C'est le soir. Je viens juste de grimper le long de la gouttière et de me tapir sur l'étagère d'où je vois nettement les doigts de l'homme bouger, courir sur l'objet long et sombre qu'il tient contre sa bouche.

Soudain, il cesse de jouer. Dans l'escalier, on entend des pas lourds. La porte s'ouvre avec fracas. Terrifié, je me colle contre l'étagère.

Des hommes font irruption dans la pièce. En criant, ils lui arrachent sa flûte, la brisent, la piétinent. Comme il tente de la ramasser, ils s'en prennent à lui. Le musicien gît au sol, les autres le frappent, le bourrent de coups de pied.

Puis ils s'en vont, aussi brusquement qu'ils sont entrés. On entend à nouveau dans l'escalier le bruit sourd de leurs pas. L'homme est toujours par terre, ensanglanté, recroquevillé sur lui-même. Je saute de mon étagère, file sur le balcon et me laisse glisser en hâte jusqu'au bas de la gouttière.

Le musicien essaie de réparer son instrument, rassemble les morceaux cassés comme s'il les croyait capables de se ressouder tout seuls. Ses doigts réunissent les éclats de bois, il les enduit de colle, les presse les uns contre les autres, les relie en les entourant de fil de fer très fin. En vain. Lorsqu'il essaie de jouer, la flûte tombe en morceaux. Il la repose sur la table et se dirige vers son lit. Il s'allonge et reste là, immobile.

Lorsque je reviens, l'homme est en train de gémir, il pousse des petits cris et se réveille en hurlant. Son visage est tuméfié, les coups qu'il a reçus lui ont causé des blessures et des bleus.

Les jours passant, il finit tout de même par se lever. Il sort de la maison, revient. A nouveau il se couche, la tête tournée vers le mur, son dos est agité de mouvements spasmodiques.

La fois suivante, quand je me glisse dans son logement, il repose inerte sur son lit. A côté, sur la table, brûlent des bougies.

Approche-toi, passe sous le lit en longeant la plinthe, grimpe le long de la couverture qui pend – elle est aussi terne que ton pelage – et glisse-toi jusqu'aux mains de l'homme qui gît. Hume-les attentivement, effleure-les de tes moustaches. Elles sont froides, inertes, sans vie. L'homme est mort. Le cri soudain que pousse la silhouette assise à son chevet te fait fuir.

Je me suis sauvé par la porte ouverte du balcon et réfugié parmi les hautes fleurs qui remplissent le jardin.

Pendant tout le reste de mon séjour dans le port, jusqu'à mon départ, j'ai ressenti très douloureusement l'absence de musique, l'absence de ces sonorités que produisait le vieux joueur de flûte.

Ce sentiment de manque était aussi intense que la faim ou la soif, aussi inextinguible – c'était tout à fait comme si je m'étais trouvé soudain privé d'un organe vital ou de quelque partie indispensable du corps.

D'autres rats, qui comme moi venaient régulièrement ici, rôdaient à présent dans les égouts et les caves, le poil hérissé, nerveux et inquiets, en attente, comme s'ils espéraient entendre d'un instant à l'autre la musique envoûtante et apaisante.

Et toi aussi tu attendais, tu guettais le son qui, s'engouffrant brusquement dans l'égout, te détournerait de tes pérégrinations de rat, te forcerait à t'arrêter pour l'écouter. Tu attendais toujours, alors que tu avais touché tout récemment les mains mortes du vieillard et senti dans tes narines l'odeur familière de la mort. Oui, tu attendais quand même, tu errais aux alentours, sans t'éloigner.

Je cherchais un autre homme pourvu du même instrument. Et je l'ai trouvé quelques rues plus loin. Sa flûte ressemblait à l'autre et pourtant les sons qu'il en tirait ne me troublaient pas, ils ne suscitaient pas en moi cette attirance irrésistible, cette émotion, ce bienheureux engourdissement. Au contraire : ils vibraient de façon détestable dans mes oreilles et accroissaient encore mon énervement. Au fond de moi, des voix étrangères luttaient contre le souvenir des sonorités enregistrées par mon cerveau, contre cette musique, dans ma mémoire, qui reprenait vie d'instant en instant.

Des vents froids et pénétrants commencèrent à envahir le port, s'infiltrant partout. Des averses glacées se mirent à tomber, inondant les caves et transformant les canaux souterrains en torrents furieux.

C'est alors que tu as décidé de quitter la ville. Les immenses bateaux amarrés le long des quais t'attendaient.

Depuis que la flûte s'était tue, tout mon système nerveux restait ébranlé, ma vigilance émoussée, ma méfiance face à l'inconnu était comme assoupie. Je parcourais fébrilement les égouts et les canaux, l'oreille tendue, cherchant à reconnaître parmi les bruits venant de la surface quelque écho des sonorités merveilleuses de l'instrument détruit. Dès que je croyais repérer quelque chose de semblable, je me précipitais dehors pour trouver l'origine du son.

Je ne tardai pas à comprendre que mes promenades souterraines, très en dessous du niveau où se déroulait normalement l'existence des hommes, réduisaient sensiblement mes chances de découvrir un nouveau joueur de flûte. Tous les bruits émanant des logements situés aux étages supérieurs des maisons – et ils étaient nombreux dans la ville – ne parvenaient pas jusqu'aux caves. Les épaisses fondations des bâtiments d'une certaine hauteur opposaient au bruit un obstacle quasi infranchissable. Je décidai donc de m'aventurer à la surface, au milieu des hommes : là était la musique.

Je me déplaçais à l'intérieur des vide-ordures, dans les vieilles cheminées, les conduits d'aération des cuisines, je m'insinuais dans la moindre brèche. Il n'était pas rare que je me lance à contre-courant des eaux tumultueuses, dans les tuyaux de décharge. Je grimpais le long des murs rugueux des maisons, je passais d'un toit à l'autre. C'étaient bien sûr des expéditions à risque, derrière chaque coin de mur je pouvais tomber entre les serres d'un hibou ou les griffes d'un chat.

Alors se produisit un incident qui te troubla, un incident en complète contradiction avec tout ce que tu avais vécu jusque-là.

Ma maison, ma maison rouge en brique. Je descends en courant à la cave où je m'insinue grâce à une fente entre deux planches. J'ai faim. A l'intérieur il fait clair, la lumière pénètre par la partie supérieure de la porte, qui est vitrée.

Les rayons du soleil éclairent jusqu'au fond, je vois les murs propres, blanchis, et l'autre porte en bois massif. L'atmosphère est calme, silencieuse. Une odeur succulente de lard fumé frais emplit la cave. J'en découvre aussitôt la source : un gros morceau luisant de graisse, à l'intérieur d'une cage en métal cylindrique, ouverte d'un seul côté.

Je tourne autour, je le renifle avec prudence. La cage est composée de fins barreaux d'acier dont les extrémités s'enfoncent dans une planche épaisse.

A plusieurs endroits, je reconnais les traces laissées par des dents de rats, des incisives se sont visiblement attaquées à cette surface. Je m'approche de la petite porte ouverte. De ce côté, le lard est particulièrement appétissant. Gras, odorant, croquant – il y a longtemps que je n'en ai pas mangé de pareil. Ma gueule se remplit de salive.

Quelques pas encore, et la savoureuse bouchée sera entre mes dents. La faim me suce l'estomac, c'est une sensation presque douloureuse. Mon ventre se contracte et se dilate et mes mâchoires bougent en cadence, comme si elles broyaient déjà le délicieux morceau de couenne.

J'oublie toute prudence, j'oublie le danger, j'oublie les subterfuges de l'homme. Si c'est un piège, j'aurai peut-être le temps de happer la nourriture et de m'enfuir. La faim me dit d'entrer, je suis incapable de résister à sa pression. Lentement, je pénètre dans la cage. Je glisse d'abord la tête avec précaution, puis je pose mes deux pattes antérieures sur la planche de bois et j'observe ce qui se passe. Rien ne me menace, je me calme.

Me voilà à l'intérieur, seul le petit bout de ma queue dépasse encore. L'odeur du lard fumé m'absorbe tout entier. Je le hume – un gros morceau, exactement ce qu'il faut pour un repas.

Je le lèche. Il a le goût délicat et saumâtre de la graisse et de la viande chauffées.

Il faut le saisir fermement avec les dents et le sortir au plus vite de la cage, qui ne laisse pas de m'inquiéter. D'un coup, je plante mes incisives dans la couche de viande rouge foncé. Un fracas violent : la porte s'est rabattue derrière moi. Le morceau de lard est fixé au levier relié à la trappe par un ressort. Si, me dressant sur mes pattes de derrière, j'avais examiné la partie supérieure de la cage, j'aurais trouvé le mécanisme, il ne m'est pas inconnu, j'ai déjà vu plusieurs souricières de ce type. Mais l'odeur enivrante du lard m'a ôté toutes mes facultés.

Je me débats à l'intérieur du piège. Dans mes efforts pour ronger les barreaux d'acier, je me blesse les gencives jusqu'au sang. En vain. Mes dents s'attaquent à la planche de chêne. Les traces témoignent que de nombreux rats ont échoué ici avant moi. Je continue tout de même à ronger, dans l'espoir de parvenir à me libérer.

A en juger par l'odeur du lard encore chaud, la souricière vient d'être mise en place. Mais pour creuser un trou dans une planche aussi épaisse, il me faudrait beaucoup de temps.

Beaucoup plus que ne m'en laisseront les hommes. J'examine tout de même l'intérieur de la cage avec attention, au cas où il existerait la moindre chance d'évasion. J'essaie pendant quelques instants de faire bouger la petite porte, de la pousser, de la remonter, de la soulever.

A présent seulement, je distingue les puissants ressorts d'acier qui la maintiennent fermée. Lorsque j'ai fait le tour du piège, je ne les ai pas vus, ils étaient masqués par la trappe en tôle.

Je tourne, je m'agite, je saute.

Et finalement je m'assois, résigné, et je commence à manger le lard. Cette activité m'absorbe totalement. Je dévore tout, jusqu'à la moindre miette.

Le soleil s'est couché, il fait sombre, par la fenêtre filtre la clarté d'une ampoule allumée au-dessus de la porte.

Je me jette contre les parois grillagées, je mords l'acier à m'en arracher les gencives, je donne des coups de tête dans la tôle, j'enfonce mon museau entre les barreaux. Bondissant en tous sens, j'essaie même de renverser la souricière sous mon poids. En vain. Au matin, les hommes viendront, ils me sortiront de là pour me tuer, en commençant par me crever les yeux ou me briser l'échine. Peut-être qu'ils me précipiteront dans le tonneau en métal, dans la cour, et lanceront sur moi du papier enflammé, des pierres, des morceaux de verre. A moins qu'ils ne me fourrent dans un sac qu'ils jetteront de toutes leurs forces contre le mur. Je sais comment les hommes s'y prennent avec les rats, j'ai observé à plusieurs reprises leurs façons de les tuer. Il se peut aussi qu'ils ne viennent pas ici avant plusieurs jours, et dans ce cas je mourrai d'épuisement, d'énervement et de soif. Je ne parviendrai pas à m'enfuir, à ronger cette planche dure et épaisse, je n'aurai jamais assez de forces.

J'entends dans l'obscurité des voix lointaines venant d'en haut, celles des hommes qui ont posé ce piège. Une ombre grise se faufile dans ma direction, s'approche prudemment, des vibrisses effleurent les barreaux. C'est un rat d'ici, celui auquel la souricière était probablement destinée. Il est bientôt suivi d'un second. Tous deux rôdent autour de moi, observent. Leurs incisives tâtent les ressorts en acier. Puis ils s'en vont.

Du fond de la cave s'avance un énorme matou. Il m'a flairé et se plaque au sol, prêt à bondir. Le voilà tout près. Avec un miaulement perçant, il s'efforce de passer sa patte entre les barreaux. Impossible, la grille ne cède pas. Je sens sur moi son haleine. Ses yeux ronds et brillants me scrutent.

Il appuie ses pattes contre la cage. J'en profite pour mordre dans un des coussinets moelleux et noirs sous son pied. Il hurle, se secoue, donne des coups de griffes dans le vide. Pendant quelques minutes, il continue à tourner autour de la souricière en poussant des petits miaulements, puis il s'éloigne, attiré par un léger bruit à l'autre extrémité de la cave.

Il faut que je boive, une soif de plus en plus aiguë me tenaille. C'est à cause du lard salé que j'ai dévoré jusqu'à la dernière miette. L'œsophage me brûle, mon estomac se contracte, quelque chose me serre le pharynx. A nouveau je m'attaque à la planche, j'essaie d'y creuser un trou. Je ronge longtemps, jusqu'à avoir la sensation que l'usure a raccourci mes dents. Les rats reviennent, tournent autour du piège. Ils mordent ma queue que j'ai laissé imprudemment dépasser entre les barreaux.

Tout à coup ils détalent : le chat est de retour. Je me recroqueville sur moi-même, au centre de la cage et, immobile, je le regarde rôder alentour.

Si je ferme les yeux, des souvenirs m'assaillent : le vieux rat aux prises avec un chat. Mon père qui me chasse du nid. La mort de la petite femelle arrosée d'eau bouillante. Un nombre surprenant d'images enfouies tout au fond de moi, imprimées à jamais dans ma mémoire. Un homme joue de la flûte. D'autres le battent. Ils se penchent sur la souricière, m'écrasent avec leurs chaussures. Je pousse un couinement aigu.

C'est le matin. La soif me brûle jusqu'à la moelle. J'essaie de faire ma toilette, d'attraper au moins dans ma fourrure quelques puces gorgées de sang. Mais elles font preuve d'une mobilité, d'une agitation inhabituelles, elles sentent ma fièvre et l'odeur anormale de ma sueur.

La cage est basse, je ne peux pas me redresser, m'asseoir en appui sur ma queue et sur mes pattes de derrière. Je me remets à ronger le bois. Au-dessus de moi, les hommes sont déjà réveillés. Je m'attaque avec fureur à la trappe, je tourne sur moi-même, je saute, je pousse, je bande mes muscles. L'épuisement me gagne, ma terreur s'accroît.

La mort approche : s'ils ne viennent pas me tuer, c'est la situation dans laquelle je me trouve qui causera ma mort, la privation soudaine de liberté, l'emprisonnement dans ce piège d'acier, le manque d'eau.

D'en haut me parviennent un brouhaha de voix, le crépitement d'une poêle où cuit de la nourriture, l'aboiement d'un chien, des craquements de plancher, des bruits d'eau, des allées et venues. Je renonce. Immobile, le bout de ma queue enroulé sous mon museau, j'attends.

Des pas pressés dans l'escalier. Un homme approche. Encore un instant, et il me tuera.

Je recommence à me débattre, en quête d'une ultime chance. Peut-être réussirai-je à filer lorsqu'il soulèvera la trappe.

La porte de la cave s'ouvre avec un long grincement.

L'homme s'arrête, se penche au-dessus du piège. je distingue ses yeux, sa bouche, la peau de son visage, son souffle. Il émet des sons informes, sifflants.

Nous nous observons l'un l'autre un long moment. Ma queue dépasse encore de la planche. Il la touche, la serre légèrement entre ses doigts. D'un mouvement brusque, je me retourne et vais me blottir contre la paroi opposée. Tout mon corps tremble de peur. Il va me tuer, il va me tuer.

L'homme ouvre de nouveau la bouche, j'entends une sorte de gloussement aigu qui m'est manifestement destiné. Je me recroqueville, je me fais tout petit dans mon coin.

Sa main appuie sur le levier qui saille au-dessus du piège. Les ressorts grincent, la trappe se soulève.

L'homme fixe le levier à une poignée en métal. La souricière est ouverte. Il ne fait rien d'autre, se contente de donner des petits coups sur la cage, comme s'il m'encourageait à sortir.

D'un bond, je me précipite au-dehors et passe en courant devant ses pieds immobiles. Une fente dans la porte de la cave me permet de me faufiler à l'extérieur et d'aller me réfugier dans une décharge. De là, je rejoins une porcherie contiguë à un hangar en bois.

Enfin, je peux étancher ma soif.

Ce qui vient de se produire contredit tout ce que je crois savoir des hommes, tout ce que j'ai observé jusqu'à présent.

Il ne m'a pas tué, il m'a laissé partir, peut-être que j'étais plus rusé que lui. Peut-être m'a-t-il cru incapable de m'enfuir, trop affaibli. Peut-être m'a-t-il cru mort. Et pourtant non, il m'incitait lui-même à sortir, il secouait la cage, il la heurtait avec son pied.

Ou alors c'est moi qui ai tout imaginé, c'est le produit de mon délire, de mon rêve. Mais non.

Un souffle d'air humide, automnal me fait frissonner. Encore tout apeuré, je cours le long de la bordure d'un trottoir, en direction du port, dressé bien haut sur mes pattes raidies pour ne pas m'éclabousser le ventre.

Je suis parti. J'ai pénétré de nuit sur un navire, caché au milieu d'un chargement de sucre. Je me rappelle le balancement de la grue et le grincement des chaînes qui soulevaient la lourde plate-forme.

Ce sucre remplissait toute une cale, tandis que celle d'à côté était encombrée de sacs de grain.

C'est en circulant d'un local à l'autre, aux abords de la cuisine, que j'ai été surpris par un énorme chat. Il a surgi inopinément dans mon dos, alors que je faisais ma toilette, et j'ai aperçu soudain derrière moi ses yeux qui brillaient, larges et ronds.

Aussitôt, j'ai lancé un cri d'avertissement et adopté une posture de défense : accroupi, le corps en appui sur les pattes de derrière et sur la queue, prêt à bondir.

Le chat a regardé mon pelage hérissé, puis il s'est assis tranquillement en face de moi, a humecté sa patte de salive et entrepris de se laver.

J'en ai profité pour m'enfuir. Plus tard seulement, j'ai acquis la conviction que ce chat n'avait jamais chassé les rats, ne s'était jamais battu avec mes semblables. Les jours de soleil, il se prélassait au milieu du pont, gras et repu, sans prêter la moindre attention à ce qui se passait autour de lui. J'ai vu des mouettes qui, le prenant manifestement pour un objet inanimé, se posaient sur son dos. Il se levait, s'étirait, puis se recouchait, prêt à se rendormir.

Les rats du navire, accoutumés à sa présence, lui tournaient autour, s'approchaient, flairaient sa tête, ses pattes, sa queue. Jamais il ne s'est jeté sur aucun d'entre nous, jamais il ne nous a griffés ni mordus. Je voyais cela de mes yeux et je n'arrivais pas à y croire ; pendant toute la durée de mon séjour sur le bateau j'ai redouté une ruse et me suis efforcé de me tenir à distance.

Ta première rencontre avec la mer eut lieu de nuit. Tu ne connaissais jusque-là que le clapotis des petites vagues contre la coque. À présent, le tangage était devenu beaucoup plus sensible et l'eau battait plus fort contre les flancs du navire.

Bientôt le moteur se mit à hurler, le bateau frémit et trembla. Toi, au fond de la cale, tu ressentais particulièrement ces vibrations, tu devenais nerveux, tu ne parvenais pas à t'y habituer et pendant longtemps tu souffris d'insomnie.

Les écoutilles sont fermées et une obscurité quasi totale règne dans les cales.

Tu es dans un endroit dont tu ne peux plus sortir.

Avant même que le bateau ne prenne le large, tu avais déjà fini d'explorer ce territoire exigu. Tu aurais encore pu le quitter à n'importe quel moment, en sautant dans l'eau s'il le fallait pour rejoindre la côte.

Te voilà dans un espace clos, cerné par un élément hostile et agité, voguant vers on ne sait où.

Le plus pénible, c'est la houle incessante qui

coupe l'appétit et provoque des vomissements. Elle devient parfois si forte qu'elle déplace la cargaison dans les cales. Tu as bien failli te retrouver écrasé entre deux caisses mal fixées qui se sont heurtées avec fracas juste à l'endroit où tu dormais un instant plus tôt. Au dernier moment, tu as fait un bond de côté, averti par le gémissement du bois raclant le sol. La masse a tout de même écrasé l'extrémité de ta queue, qui est devenue toute blanche et gonflée.

Tu n'avais pas prévu au départ de séjourner si longtemps dans cette énorme boîte en fer. Tu ne savais rien de l'attente, de l'impatience. A présent, tu cours comme un fou à l'intérieur, terrifié et furieux, rêvant de descendre à terre, de retrouver un sol ferme, qui ne se balance pas, ne vibre pas, un sol normal et silencieux.

Un calme relatif s'installe, la houle devient plus supportable. Et puis soudain le temps change à nouveau. Le bateau penche, l'acier craque sous la poussée de la masse d'eau qui se lance à l'assaut de la coque. On la dirait prête à éclater d'un instant à l'autre. Dans les cales, l'air devient étouffant, chargé d'électricité. Mes poils se hérissent, provoquant une affreuse démangeaison de la peau ; lorsque mes vibrisses touchent les caisses ou le sol, des petites étincelles jaillissent. La cargaison se déplace en tous sens, se renverse, roule par terre.

Terrifiés et abasourdis, la plupart des rats demeurent cachés dans les recoins les plus inaccessibles, à l'intérieur des conduits et des manches à air, le long des rebords et de la quille, à l'abri derrière les caisses les plus lourdes, celles que leur poids immobilise. Le sol ferme sous les pattes donne un sentiment de sécurité, au moins momentané, qui permettra peut-être d'attendre la délivrance.

Le vent hurle, venant de tous les côtés à la fois, le fracas est partout, les flots grondent et on sent leur battement sourd contre la carène. Incapables de supporter plus longtemps ce tintamarre et cette tension, les rats quittent leurs cachettes pour en chercher d'autres, plus au calme, plus silencieuses. Mais il n'en existe pas, nulle part. La force d'inertie les précipite entre les caisses qui tanguent.

Dressés sur leurs pattes écartées, ils glissent sur le sol de la cale comme des objets inanimés. A grand-peine, ils parviennent à atteindre des refuges apparemment plus sûrs, entre les sacs de sucre. Mais soudain, une corde se rompt et plusieurs sacs tombent tout droit sur un rat qui passait par là ; le voilà réduit en bouillie.

La tempête continue. Je suis fatigué, de plus en plus fatigué. J'entre dans un état de somnolence d'où je ne suis tiré que par les secousses les plus fortes qui affectent la coque. Convaincu qu'il n'y a aucun lieu où m'enfuir, que toutes les parties du bateau sont soumises au même traitement, je reste immobile, tapi au fond de l'entonnoir inconfortable d'une manche à air. Il faut attendre que cela finisse.

Tu te réveilles. La tempête se poursuit mais tu ne ressens plus aussi douloureusement les effets de la houle. Ton organisme s'y adapte rapidement. Tu as retrouvé le sens de l'équilibre et tu ne cèdes plus à la panique lorsque le bateau donne brusquement de la bande ou subit de violentes secousses. Ton ouïe s'est familiarisée avec le mugissement des vagues, avec les coups sourds et les grincements des tôles d'acier. Même le déplacement au milieu des sacs, des caisses et des tonneaux qui bougent et se renversent t'est devenu plus facile, presque naturel, comme si, dès le premier jour de ta vie, tu avais dû te mouvoir parmi des objets animés et menaçants. La tempête s'achève, les hommes renouent les cordes rompues, enlèvent les sacs crevés, amarrent plus solidement les caisses.

Je me suis habitué au roulis et au tangage, je ne les perçois même plus ; ce qui naguère encore m'effrayait est devenu normal. Même les vibrations de l'hélice et le hurlement des ventilateurs, le bruit de l'air sous pression dans les tuyaux ne me font plus aucun effet.

Tu attends sans cesse l'instant où le navire touchera terre. C'est peut-être la raison pour laquelle tu sors si souvent sur le pont ; là, dans l'enchevêtrement des cordages enroulés et des chaînes d'ancre, tu prêtes l'oreille aux murmures de la mer et au susurrement du vent.

C'est pour bientôt, tu le pressens. Tu descendras le long de l'amarre ou de l'échelle de coupée, tu retrouveras le sol ferme sous tes pattes, et ce sera à nouveau le début d'une longue course. Droit devant toi, tu reprendras ta quête, ta quête de nourriture. Ici, sur le bateau, les vivres abondent. Et les villes désertées offraient aussi bien des ressources. Plus que tu ne pouvais manger, plus qu'il n'en fallait pour nourrir tous les rats.

Anxieux, j'arpente de long en large le sol froid de la cale. Marcher, le besoin de marcher me tenaille. Le besoin de poursuivre ma route, toujours plus loin.

Le bateau s'est immobilisé à l'entrée du port. La nuit venue, je me glisse sur le pont ; juché au sommet d'un tas de cordages enroulés, je distingue au loin des lumières. Le vent qui souffle de la terre apporte des odeurs inquiétantes – de feu, de cendres, de fumée, de poussière. Je les reconnais, elles sont demeurées gravées dans ma mémoire.

La nervosité me gagne. De la ville inconnue parviennent des bruits d'explosion, des coups de feu, des détonations. Seuls les bâtiments les plus proches paraissent sûrs, silencieux, sombres et déserts.

La proximité du port met tous les rats dans un état d'agitation exceptionnelle. Mais le bateau n'avance plus, il reste sur place, à une courte distance du quai. Les machines se sont arrêtées, le balancement a cessé.

Après une longue pause, le navire accoste enfin. Toutes les cales résonnent du craquement des larges madriers de bois pressés entre le haut quai de pierre et la coque. Il fait nuit.

Je sors sur le pont plongé dans l'obscurité et me faufile en courant sous les chaloupes, vers la sortie. L'échelle de coupée n'est qu'à moitié descendue.

Sans me soucier du danger, je saute.

Dans la ville, la situation est intenable. Des obus explosent, des maisons brûlent, la fumée remplit les caves. L'odeur de brûlé domine toutes les autres.

Des quartiers sont en feu et au-dessus du port flottent des nuages de fumée et de suie, où voltigent des fragments de papier que l'incendie n'a pas entièrement consumés.

Mon expédition en direction des entrepôts et des bâtiments les plus proches a failli se terminer de façon tragique. L'explosion d'un obus, tout près, m'a rendu complètement sourd pendant quelque temps. Je gisais sur le flanc, à demi mort, dans une position qui n'avait rien de naturel ; le souffle m'avait projeté au pied de la vitrine brisée d'une ancienne boutique. Un homme a surgi, il m'a saisi par la queue, je me suis retourné et l'ai mordu violemment au doigt.

Il avait faim – je le voyais dans ses yeux et dans le mouvement de ses mâchoires qu'on devinait sous les joues creuses –, et il était résolu à me manger. J'étais sa chance, son unique chance de survie. Il m'a poursuivi en titubant le long de la rue, sans parvenir à me rattraper.

Je veux retourner sur le bateau, c'est désormais

mon seul but. Jusqu'à présent, je n'ai rencontré aucun rat et il n'y a pas non plus de chiens, ni de chats : ils ont été dévorés par les hommes faméliques et blessés.

La panique me saisit : si le bateau part sans moi, je suis perdu. Condamné à demeurer pour toujours dans cette ville effrayante, parmi les obus qui explosent, les entrepôts vides et les hommes affamés qui pourchassent les rats.

Je cours en direction du port d'où souffle un vent souillé par les émanations de l'incendie. J'ai dans les narines l'odeur de la fumée et celle des cadavres qui se décomposent sous les ruines.

Sur une place, j'aperçois des hommes. Ils se tiennent face à face : les uns contre un mur, en plein soleil, les mains liées derrière le dos, un bandeau noir sur les yeux ; les autres à quelque distance, pointant leur fusil. Un bruit de salve. Des hommes ont tué d'autres hommes. Puis ils s'en vont, abandonnant les cadavres dans la poussière et le bourdonnement de grosses mouches bleues.

Assoiffé, je m'approche prudemment du ruisseau de sang qui s'écoule. Je bois. De l'autre bout de la place surgit un vieux rat au ventre foncé, vert olive. C'est une femelle. Après avoir jeté un coup d'œil apeuré alentour, elle s'approche des corps qui gisent au sol. Déjà elle déchire la peau, arrache des lambeaux de chair fraîche, sanguinolente. Soudain, un sifflement suivi d'un grondement sourd derrière le mur. Une avalanche de pierres, de bouts de bois, de briques et de ciment s'abat sur la place. La femelle se retire en hâte dans son trou.

Je m'enfuis, puis je reviens. Le vent est tombé.

Longtemps, j'erre dans les rues désertes, en prenant bien garde de ne pas me faire écraser par la chute d'une gouttière ou d'un pan de mur. Dans une ruelle, à l'intérieur d'une voiture où le feu couve encore, je distingue un homme à demi carbonisé qui me fixe avec des yeux vitreux. Non loin de là, les canons ont commencé à tirer.

J'atteins le port juste avant la tombée de la nuit. Mon bateau est toujours amarré au quai mais je constate avec effroi que l'échelle de coupée a été levée : elle est suspendue là-haut, hors d'atteinte. Impuissant, je cours le long de la coque, cherchant une voie d'accès, un moyen d'entrer, n'importe lequel. Ça y est, j'ai trouvé : les lourdes amarres reliant les hauts bordages du navire, qui se détache sur le ciel sombre, aux bittes de granit plantées dans le quai.

Les câbles se tendent et se relâchent tour à tour en grinçant doucement sous l'action des flots qui tentent en vain d'entraîner le bâtiment, de l'éloigner du rivage.

Je grimpe sur une borne de granit et, de là, je saute sur le câble au diamètre plus large que mon corps. J'enroule ma queue autour, en faisant bien attention de ne pas perdre l'équilibre, et je commence à progresser sur cette passerelle improvisée qui monte légèrement. En bas, au-dessous de moi, je vois la surface noire de l'eau et j'entends le clapotis des poissons qui bondissent pour gober les insectes volant au ras des vagues. Si je tombe, je me noierai, ou alors je serai dévoré par les poissons avides. L'amarre frémit, les vibrations s'accentuent. Je plante mes griffes dans les fibres d'acier qui courent en spirale et je me colle de toute la largeur de mon ventre contre le câble de plus en plus abrupt.

Me voilà à mi-chemin. Mais c'est justement là que les vibrations sont les plus dangereuses, et l'effet des tensions et des relâchements le plus sensible.

Un instant, je suis sur le point de perdre l'équilibre et de tomber à la mer.

J'avance lentement, d'autant plus que le câble grimpe presque à la perpendiculaire.

Déjà me parviennent des voix d'hommes sur le pont.

La silhouette noire du navire grandit au fur et à mesure que je me rapproche, pour remplir finalement tout mon champ de vision.

Je monte toujours, en m'aidant de mes dents et de ma queue, j'enlace le câble avec mes pattes, sans me préoccuper des aiguilles d'acier coupantes qui blessent mon ventre. J'y suis presque. Un oiseau nocturne passe tout près. Il rôde un moment autour de moi. Je m'immobilise. Je suis une proie facile, sans défense. L'oiseau s'éloigne. Je bande mes muscles. Mes griffes dérapent sur le métal. Un instant encore, et mon museau touchera la surface froide du bord. Le gros chat qui somnole sur le pont ronronne avec indifférence.

La soirée est belle et chaude. Profitant de ce que l'échelle de coupée est abaissée, je descends à terre.

La fusillade a cessé, la ville est calme et ténébreuse, tout à fait comme si les hommes l'avaient quittée. Mais c'est une illusion, ils se cachent, je sens leur présence. Une énorme lune brillante baigne de sa clarté les rues mortes.

Je choisis la direction opposée à celle que j'ai prise la dernière fois et j'essaie de fixer dans ma mémoire le plus grand nombre de détails susceptibles de m'aider à retrouver le chemin du bateau. À plusieurs reprises, je rencontre des hommes. Ils se hâtent en longeant les murs, sans bruit, sans lumière. Dans cette obscurité, je suis invisible pour eux.

Derrière les fenêtres voilées d'épais rideaux, on devine la lueur de maigres bougies.

Je tourne dans une rue étroite – un passage entre deux murs gris. Là, sous un porche, une lumière plus forte filtre à travers un rideau. Je me glisse à l'intérieur. Un homme est assis sur le plancher recouvert d'un tapis. Au-dessus de lui, dans une cage en bois – un gros oiseau, une poule étique. A côté sont posées des cruches en terre cuite. L'homme marmonne d'une voix monotone, tout en se balançant. Je traverse la pièce, profitant de son ombre qui me protège.

Je me faufile derrière l'armoire et je grimpe. De là-haut, je me rends compte que la poule est en train de couver. C'est pour cela, sans doute, que l'homme l'a enfermée dans cette cage. Si seulement je pouvais l'atteindre.

J'essaie de sauter sur une étagère en contrebas.

La poule m'a senti. Mise en alerte, elle pousse d'affreux gloussements et tend le cou à travers les barreaux. L'homme se lève d'un bond, prend la lampe et éclaire le haut du mur. La poule piaille, allonge le bec dans ma direction, heurte la cruche posée tout près. Ébranlé, le récipient en terre cuite vacille et tombe.

Je file. Je suis déjà dans la rue quand j'entends le bruit sourd de la cruche qui vole en éclats.

Tu reprends la direction du port où tu explores des maisons abandonnées, des entrepôts en ruine, des tas de tonneaux vides ; tu grimpes sur des amoncellements de sacs de ciment pétrifié ; tu erres sur de sombres rivages.

Un chien t'a dépisté, il te pourchasse. Tu réussis à te cacher sous une barque échouée non loin de là. Un poisson desséché, reste de la dernière pêche, te régale. Le chien court autour de la barque, fourre son nez dans les interstices, cherche à pénétrer de force dans ton refuge. En vain. Il s'assoit, lève la tête et pousse un hurlement rauque vers la lune qui flotte au-dessus de la barque.

Je suis pris au piège, le chien sait que je vais essayer de m'enfuir et il veille. Enfin, la lassitude le gagne, il pose la tête entre ses pattes et paraît s'endormir.

Je fais le tour de mon petit territoire en pissant à plusieurs reprises, l'odeur forte de mon urine maintiendra le chien dans l'illusion que je suis encore là-dessous. Entre-temps, je m'enfuis par l'autre côté.

Il me faut regagner le bateau avant que mon ennemi ne se lance de nouveau à mes trousses. J'entends des aboiements – il tourne autour de la barque, persuadé que j'y suis toujours.

Dans un instant, j'apercevrai l'immense silhouette du bateau dominant la côte.

Oui, c'est bien par là. Voici justement la bitte de pierre marquée de mes excréments. Mais où sont les amarres, où sont les énormes nœuds ? Je lève la tête, je tends le cou, j'essaie de distinguer l'imposante forme sombre. Courant le long du quai, je cherche par où descendre. Il devrait y avoir ici une échelle de coupée. Elle n'y est plus. Je ne vois que les vaguelettes qui viennent battre le quai. Un peu plus loin, l'autre borne de pierre que j'ai marquée. Là aussi, le nœud de l'amarre a disparu. Je fais demi-tour, j'explore méthodiquement toute la zone. Le bateau n'est plus là. Peu à peu, le ciel s'éclaircit. J'entends la rumeur d'une ville qui s'éveille, les chants d'oiseaux, les voix des hommes. Où me cacher ? Je ne peux pas rester là, exposé sur ce quai.

Tu n'as pas tardé à trouver un autre bateau amarré dans le voisinage, l'échelle de coupée était abaissée et tu as pénétré à l'intérieur.

Nulle part je ne pouvais rester longtemps, toujours je devais m'enfuir, de partout.

Toute ta vie n'a été que fuite. Tu fuyais devant les rats qui te haïssaient à cause de ton odeur différente, à cause de ton caractère propre, spécifique, ou parce que tu t'étais aventuré sur leur territoire. Tu fuyais en croyant te rapprocher de ton point de départ, de cette ville où ta famille avait fait souche et où aucun rat ne se jetterait sur toi, ne te ressentirait comme un étranger.

Tu émigrais d'un lieu à l'autre caché dans des malles, des sacs, des caisses, des containers, au milieu de cargaisons diverses, pommes de terre, blé, foin, fruits, parmi les rouleaux d'étoffe et de papier, sur des bateaux grands ou petits, dans des wagons, dans n'importe quel véhicule qui roule, qui glisse ou qui flotte, pourvu qu'il offre un abri sûr.

Je fuyais devant les rats, je fuyais devant moi-même, je fuyais devant les hommes, je fuyais en quête de la flûte et de sa musique enchanteresse. Droit devant moi, dans la panique et la terreur, les nerfs à vif, plus loin, plus loin, toujours plus loin. Cependant, l'hostilité des rats à l'égard d'un étranger n'était pas partout identique, tous les rats ne te traitaient pas de la même façon. C'étaient généralement les mâles qui t'attaquaient, plus rarement les femelles, et jamais lorsqu'elles étaient en chaleur.

Dans certaines villes, les rats m'ont poursuivi par hordes entières, couvrant à cette occasion des distances considérables. Leur acharnement et leur haine leur faisaient oublier les autres dangers qui les menaçaient – les hommes, les rapaces, les serpents, les voitures.

Tu étais un rat étranger, l'adversaire le plus détesté.

Ailleurs, les rats te chassaient des abords de leurs nids dans les égouts et les caves, ainsi que des lieux où ils trouvaient leur nourriture, mais ils toléraient tout de même ta présence, pourvu que ce fût à distance, là où ils ne te percevraient plus comme un danger.

Souvent, on ne t'attaquait pas tout de suite. On te laissait approcher. C'était généralement le cas lorsque les rats étaient occupés à se nourrir – sur une décharge, dans un grenier à blé ou un entrepôt. On aurait dit qu'ils ne t'avaient même pas vu.

J'étais en train de manger tranquillement, sans rien soupçonner du brusque changement d'humeur qui allait se produire d'un instant à l'autre. Un jeune mâle s'approche de moi. Il vient tout près, ses vibrisses effleurent les miennes. Ses narines hument l'odeur de mon pelage. Il tourne autour de moi et, alors que je m'attends à ce qu'il s'en aille, le voilà qui soudain se hérisse, fait des petits bonds, agite violemment sa queue en laissant échapper un bref piaillement aigu. Il essaie de me mordre la queue. L'humeur générale change d'un seul coup : tous les rats accourent vers moi, nerveux et hostiles.

La sphère flamboyante, brûlante du soleil. Je déteste cet éclat, cette clarté agressive, aveuglante, ces rayons éblouissants qui vous transpercent.

La lumière pénètre de force à travers les paupières entrouvertes, s'infiltre sous la peau, jusqu'au fond du crâne. Je la sens qui envahit ma tête, la paralyse – elle va éclater.

J'ai peur de la lumière. Je suis fait pour les ténèbres, pour l'ombre, pour le crépuscule et pour la nuit.

Je regarde tout autour de moi, j'essaie de retrouver mes repères dans ce monde trop clair, sans la moindre zone de pénombre ou de demi-obscurité, un monde agressif, proliférant, qui choque l'oreille et la vue.

Non, il n'y a pas de place pour moi ici, je ne pourrais jamais y vivre, y habiter, y chasser, non... La lumière me poursuivrait partout, je serais découvert, mis à mort. Chaque rayon, chaque parcelle de clarté brutale et crue est un persécuteur à part entière, l'un des participants d'une gigantesque battue qui a pour but de me traquer, de me dépister, de me faire disparaître.

La lumière, c'est le danger, la terreur, la mort.

Je tremble de tout mon corps. Découvert, nu et sans défense, tout seul face à ma peur, près de sombrer dans l'hystérie. Je suis aveuglé, abruti, brisé. Une barrière éblouissante m'encercle, un obstacle infranchissable, par-dessus lequel je ne peux sauter, à travers lequel mes dents ne me fraieront aucun chemin, car il me cerne et m'emprisonne comme un dôme incandescent, comme une cloche étouffante rabattue sur ma tête.

Jamais encore je n'avais vu tant de lumière, tant de lumière si intense, je ne soupçonnais même pas que cela pût exister.

A travers mes pupilles rétrécies, mon cerveau enregistre les contours des objets les plus proches : sur l'asphalte brûlant et ramolli, des restes de fruits pourris, des têtes de poisson, des lambeaux de toile à demi brûlée, des pages de journaux grisâtres, de la poussière qui vole dans le vent chaud.

Je transpire, mes poils ruissellent – dans un instant je vais me dissoudre dans cette chaleur.

Les puces me piquent avec acharnement, elles se collent à ma peau, s'insinuent dans mes pores comme si elles espéraient trouver un abri à l'intérieur, dans ma chair. De mon dos, elles fuient vers mon ventre. Ces puces que j'ai amenées avec moi de la ville froide.

Barrant l'horizon, un haut mur de béton recouvert de barbelés. Au-dessus de cette surface grise se penchent des arbres étranges, bizarres, hauts mais privés de branches, coiffés d'une large couronne de feuilles plumeuses. Il faut que je les atteigne si je veux survivre.

Je progresse en direction du mur, le long d'énormes containers en tôle qui n'offrent pas la moindre protection contre le soleil, à son zénith. Un instant, j'éprouve le besoin irrésistible de lever les yeux et de fixer le centre du disque rayonnant. Je détourne la tête, tout étourdi, et mon regard se perd dans le fond bleu du ciel.

Là-haut tourne un énorme oiseau, un de ces rapaces dangereux qui fondent sur tout ce qui bouge.

Dans mon champ de vision apparaît la limite du cercle solaire : brûlante, douloureuse, destructrice. Aussitôt, je baisse la tête et me mets à contempler les taches d'huile qui fument sur le quai de béton.

En faisant irruption dans mes pupilles, le soleil y a laissé son empreinte palpitante, des cercles lumineux qui tournoient, brouillant le paysage.

Je crains le soleil, je crains la clarté, je crains l'espace, je crains le vent, je crains les oiseaux.

La vie à la surface est synonyme de peur, de menace.

On ne peut vivre vraiment qu'au fond, sous la terre, dans les caves et les souterrains, dans les égouts et les entrepôts, dans le réseau des canalisations, dans des espaces clos où l'atmosphère est constante, immuable, inaltérée.

Il me faut rejoindre sans tarder les paisibles labyrinthes souterrains, leur pénombre grise, leurs ténèbres, leur odeur familière de renfermé. Il me faut y pénétrer au plus vite. Rentrer, retrouver ma ville. Les cercles tournoyants se dissipent peu à peu, disparaissent. Le mur est là, tout près. Je grimpe sur la tôle rouillée du container et saute par-dessus la corniche de ciment en prenant garde aux rouleaux de barbelés. De l'autre côté, je redescends entre les parois de contre-plaqué et de tôle ondulée.

Des rats, partout des rats. Toute la ville est à eux, elle appartient plus aux rats qu'aux hommes. Ils ne se cachent même pas, ils sortent à la surface, courent au grand jour, dans la lumière crue, sous le soleil.

Je vis dans la peur et la menace constante, cerné par le danger.

J'évite les trous, les souterrains, les canaux, les labyrinthes. Mais j'ai beau les éviter, je rencontre à tout instant des rats qui se lancent aussitôt à ma poursuite.

J'essaie de vivre à la frontière des deux univers – celui des rats et celui des hommes –, plutôt à la surface que sous la terre, condamné à la peur, à la vigilance constante, à l'anxiété. Mais ici le monde des rats et celui des hommes s'interpénètrent, ils se mêlent et se confondent, ne font plus qu'un. Les rats sont partout : à l'intérieur des maisons, dans les ascenseurs, dans les greniers et dans les jardins, dans les rues, sur les places.

Ma queue, mes oreilles, mes flancs sont couverts de croûtes de sang coagulé. Si je n'avais pas cherché refuge sur l'asphalte brûlant, éblouissant sous le soleil, j'aurais été déchiqueté, mis en pièces et dévoré.

Je me suis tapi à l'intérieur d'un toit en bambou, celui d'une maison d'argile qui se dresse au bord du canal.

Pour le moment, ils n'ont pas flairé ma présence, mais combien de temps cela durera-t-il ? Combien de temps me laisseront-ils ici, tremblant de frayeur et de fièvre, malade – tapi là, entre les tiges de bambou, parmi les feuilles oblongues qui bruissent.

Je chassais les lézards et les blattes, les chenilles et de longs vers filiformes, je dévorais des têtes de poisson décomposées, des entrailles de chien, des rats morts et des fruits pourris. Je me faufilais dans les décharges et les fosses d'aisances, je battais en retraite, je me sauvais, je détalais et bondissais pardessus les ruelles. Fuir, fuir le plus loin possible. Le plus loin possible des rats.

Il faut que je rentre, que je rentre à tout prix. Sinon je vais être encerclé, dépecé, dévoré.

Je m'approche d'un paquebot, décidé à atteindre les amarres ou l'échelle de coupée. L'échelle est relevée, des oiseaux aux longs becs sombres tournoient autour. Je vais attendre la nuit, dissimulé parmi des caisses en bois.

J'ai la diarrhée et mes poils tombent par touffes. Il faut absolument que je rentre, que je monte sur ce paquebot, que j'abandonne cette ville torride, aux couleurs criardes.

Au milieu d'une rue déserte gisent des hommes tout ensanglantés, écrasés, morts.

La chair humaine a un goût délicat, douceâtre, qui rappelle celle du cochon. Un camion qui surgit soudain interrompt ton repas, tu te tapis dans le caniveau. Les hommes balancent les corps sur une plate-forme jonchée de cadavres. Tu sens l'odeur de cette masse de chair qui maintenant s'éloigne.

La nuit apporte d'autres menaces, d'autres dangers. Les rats sortent de leurs trous, émergent des égouts et des réseaux de galeries souterraines. Il fait plus frais que le jour, partout règne une pénombre gris foncé, tout est tranquille en apparence, pourtant c'est la nuit qui amène les rats dans la rue.

Tu te souviens. Ta tentative pour pénétrer au cœur de la ville a failli se terminer tragiquement. Je m'étais engagé dans une ruelle obscure, en direction d'une grande artère. Au moment où j'allais l'atteindre, je me suis aperçu qu'un grand nombre de rats m'avaient suivi, alarmés par la présence d'un étranger.

Je me suis précipité dans une ruelle latérale menant au port. Ma seule chance, c'était de me réfugier parmi les hommes, au plus près du vacarme et de la lumière, de me dissimuler dans un endroit où les rats n'oseraient pas m'attaquer, de me glisser dans la première maison habitée, de me tapir dans un coin et d'attendre.

Je filais dans les ténèbres, poursuivi par une horde de rats en furie. A l'instant précis où un énorme mâle venait de saisir ma queue entre ses dents, une voiture a surgi brusquement d'une rue transversale. Un pneu est passé sur le rat, le réduisant en bouillie, mes agresseurs ont été stoppés dans leur élan et je leur ai échappé.

J'étais de nouveau à proximité du port, j'entendais de loin le clapotis étouffé des vagues.

Il me fallait trouver rapidement une cachette convenable, car mes narines percevaient déjà l'odeur de mes poursuivants.

Je l'ai trouvée. Des hommes dorment sur des nattes de paille.

A côté d'eux, un petit, dans un berceau de bois.

Les ronflements humains et le reflet des flammèches qui brasillent dans la pénombre garantissent ma sécurité.

Les rats qui sont à mes trousses ne se risqueront pas jusqu'ici.

Je me suis installé dans un coin, au fond d'une petite caisse près de la machine à coudre. Fatigué, épuisé, je ferme les yeux. Tandis que je me repose, des images remontent de ma mémoire : le port lointain et froid, les murs de brique, les conduits chauds des poêles, la neige, les édredons, les couvertures et les coussins sur les lits.

Soudain, un crissement de pneus. Des hommes. Ils viennent ici. Des coups violents s'abattent sur la porte qui tombe au milieu de la pièce. Réveillés en sursaut, ceux qui dormaient par terre crient et vont se mettre debout contre le mur, les mains levées. Les autres sont entrés et fouillent partout. Je me glisse dans une grande cruche d'argile, juste à temps : ils sont en train d'explorer minutieusement ma cachette près de la machine à coudre.

Le petit d'homme s'est réveillé et pleure. On le sort de son berceau et on le pose par terre, près du mur.

Les habitants de la maison ont maintenant les mains liées, on les fait sortir à coups de pied. Le petit qui gît dans un coin pousse des hurlements. Recroquevillé au fond de ma cruche, j'attends.

Les premiers rats font leur apparition dans la pièce, il faut fuir. Je saute sur le plancher.

Des ombres grises se faufilent en direction du ballot de tissu où gigote le petit d'homme. Ils ne m'ont même pas vu, tout excités par la perspective de se remplir l'estomac de chair humaine vivante et de sang chaud.

Une lézarde dans la dalle du foyer éteint me permet de m'engouffrer dans un long tuyau de tôle qui me mène jusqu'au toit.

Je distingue encore la voix du petit d'homme, de plus en plus faible.

Le serpent s'immobilise. Il me regarde fixement, sa tête levée dardant de temps à autre une langue noire et fourchue. Il se prépare à attaquer, je devine ses muscles qui se tendent sous sa peau mate.

J'ai vu une fois, dans ma ville natale, un rat dévoré par un serpent. Ce serpent-là habitait dans une cage de verre et il était nettement plus petit que celui qui me fait face.

Dans un instant, il va fondre sur toi. Il se dressera à la verticale, telle une longue corde il s'enroulera autour de toi, il t'écrasera, t'étouffera dans les replis de son corps. Puis il te dévorera, proie agonisante aux vertèbres brisées, aux côtes cassées, il t'avalera, t'engloutira tout entier dans sa gueule grande ouverte.

C'est en vain que les rats essayaient de trouver une issue, de s'échapper du grand récipient de verre où un homme les précipitait. Le serpent les dévorait l'un après l'autre, observait leur épouvante : leurs attaques étaient inefficaces, leurs dents glissaient sur ses écailles dures.

Un oiseau qui passe détourne l'attention du reptile. Je fais un bond de côté, me réfugie à l'endroit qui me paraît le plus sûr : entre des feuilles plumeuses, grises de poussière. Le serpent jaillit comme l'éclair et s'abat juste derrière moi. Des branches épineuses l'arrêtent. J'y ai moi-même laissé des touffes de poils et des gouttes de mon sang.

Devant moi se dresse une haute montagne sombre. Lorsque j'ai atteint le sommet, je ressens une série de secousses violentes. Je me trouve sur le dos d'un buffle.

La queue terminée par un toupet de poils assène des coups mortels tout autour de moi.

Je me déplace le long du dos, en direction de sa tête. L'animal se lève, furieux, et fonce droit devant lui. Les griffes enfoncées dans sa peau grise et rugueuse, j'ai peine à garder l'équilibre.

Le buffle s'arrête. Je culbute en couinant pardessus sa tête et vais heurter le sol dur. Aussitôt, je rebondis sur mes pattes, car il pourrait bien m'écraser sous ses sabots. Je me retourne.

Devant moi, le visage d'un homme aux yeux brillants et aux dents sombres. La sueur ruisselle sur sa peau. Je sens l'odeur acide de son haleine fiévreuse, j'entends le râle qui monte de sa poitrine. Étourdi par ma chute, je gis près de sa main. Il va me tuer, me lancer contre le mur, me piétiner. Non, il me pousse de côté, puis me laisse en paix.

Je le regarde, incapable de faire le moindre mouvement. L'homme s'écroule sur les nattes en paille tressée. De sa bouche s'écoule un mince filet de sang. Il ne respire plus.

Le temps de récupérer mes forces, et je m'enfuis.

Ai-je vraiment vécu tout cela ou bien n'était-ce

qu'un rêve, un rêve au fond d'un bateau, produit de la fièvre et de la maladie ? Dans quel port tout cela est-il arrivé, dans quelle ville, dans quelle phase de ma vie ? La veille et le sommeil sont difficiles à distinguer.

Fuyant devant les rats qui te poursuivaient, tu as oublié les autres dangers comme s'ils avaient cessé de te menacer, comme s'ils n'étaient pas là, tout près, dissimulés derrière un trait de lumière, l'angle d'un mur, le bord d'un canal.

Il y a un instant à peine, tu as failli mourir entre les dents des rats autochtones. Tu leur as échappé de justesse lorsque, d'une détente de tes pattes arrière, tu as réussi à repousser le mâle dont les dents frôlaient déjà ta gorge. Tout barbouillé d'huile, des plumes et des brins de paille collés sur ton dos, tu as trouvé asile à l'entrée d'un long tunnel obscur creusé par les pluies sur la pente mate de la colline.

Les rats se sont arrêtés net, ils ne t'ont pas pourchassé jusque-là.

Je me suis tapi dans le cercle de lumière grise qui filtrait d'en haut.

Soudain j'ai aperçu une ombre noire qui dévalait la paroi en silence.

Une araignée de la taille d'un gros rat filait dans ma direction. Une autre la suivait. Sur la paroi opposée, j'ai vu comme des lignes sombres qui bougeaient. Alors, seulement, je me suis rendu compte que le sol du tunnel était jonché de cadavres desséchés et évidés de rats, de souris, de chauves-souris, d'oiseaux, de lézards.

Un bond en arrière m'a permis d'éviter au dernier moment les pattes velues de l'araignée noire.

Une autre fois, au bord de l'eau, tout près du port, j'ai vu de gros crabes déchirer avec leurs pinces un rat lancé à mes trousses. Il s'était aventuré entre les rochers gris qui saillaient sur l'étendue blanche du sable. Assis sur les galets chauffés par le soleil, je le regardais montrer les dents et faire des petits bonds pour m'impressionner.

Soudain surgirent de grands crabes plats qui le clouèrent au sol, le déchiquetèrent, puis l'entraînèrent dans leurs trous profonds.

Tu t'en souviens encore : un seul claquement de pinces et la tête du rat gisait sur le sable. Les crabes se disputèrent les lambeaux sanglants qu'ils traînaient en tous sens, les déchirant et les tailladant tant et plus.

Me voilà de nouveau sur le quai baigné de lumière éblouissante, non loin des paquebots à l'ancre.

J'ai décidé de partir, de prendre le large, le plus loin possible de cette ville torride et hostile, pleine de dangers inconnus, de pièges, de bandes de rats acharnés, sous ce soleil implacable et aveuglant.

Monter dans un bateau, au plus vite. Le soleil commence à brûler et je sens les gouttelettes de sueur ruisseler sur mes poils collés par touffes.

Le paquebot est amarré le long du quai et les bras puissants des grues hissent hors des cales des plates-formes chargées de caisses en bois.

Par l'échelle de coupée, les dockers déchargent des sacs.

Je rôde le long du mur.

Je pourrais m'installer dans une caisse remplie de coprah, ou peut-être dans un sac de bananes. Percer les planches avec mes dents, éventrer le sac.

Je me faufile entre les caisses alignées, prêtes à être embarquées. Si seulement je pouvais monter à bord par l'échelle de coupée. Mais ce n'est pas possible non plus. Je découvre un rat à moitié dévoré. Il gît, la gorge tranchée à coups de dents, éventré, les entrailles répandues par terre, du sang coagulé sur les dents et les oreilles.

Non loin de là, l'orifice d'un nid de rats creusé dans l'asphalte.

Tout à coup surgit un énorme rat gris qui fait deux fois ma taille et qui se précipite sur moi. Je piaille et me débats, il faut que je m'échappe. Il cherche à me saisir à la gorge. Je plante les dents dans une narine et je serre. Il se délivre d'un mouvement brusque qui déchire la fragile membrane. Je saute sur le pneu d'un camion parqué juste à côté et, de là, sur une plate-forme couverte de poussière de ciment. Je me blottis dans un coin car j'ai aperçu un oiseau qui tournoyait là-haut.

Terrifié, épuisé, affamé, j'ai trouvé refuge dans une vieille noix de coco évidée et j'y reste jusqu'au soir, insoucieux de la chaleur torride, atroce.

Dans le port, tout est gris, seules de faibles lampes éclairent le paquebot. J'attends la tombée de la nuit, puis je grimpe lentement le long d'une amarre, audessus de la surface huileuse de l'eau.

Enfin j'atteins le bastingage, le pont, tous les coins familiers. Je plonge avec bonheur dans l'orifice bruissant du ventilateur.

Je déteste la mer – son immensité, son calme et sa colère.

La mer est aussi effrayante que le ciel, que le soleil. C'est un élément hostile, dangereux, étranger.

Les flots cognent contre la coque en acier. Chacune de ces vagues a le pouvoir de noyer, de tuer, de détruire. La peur m'envahit.

Le bateau ne m'apparaît plus comme un asile sûr.

L'océan m'est étranger, il répugne à ma nature, c'est une force qui s'oppose à mon destin, une force mauvaise, perfide et nuisible.

Le ventre collé contre une caisse métallique, j'essaie de dormir. Mais la mer n'autorise pas le sommeil, elle se déverse en moi, je l'entends qui clapote, frappe, elle me balance et me secoue, elle gémit. Je ne peux oublier toute cette eau dont me séparent à peine quelques épaisseurs de tôle.

La tempête fait rage. Le paquebot se penche et les caisses se déplacent brusquement. Si je me retrouve coincé, c'est la mort. Des petites étincelles de terreur me parcourent l'échine.

Mais ce que je redoute le plus, c'est d'être découvert, mis à nu, exposé au grand jour. Je me retrouverais sans défense, désorienté. N'importe quel rat dans cette situation est pris de panique, il se met à courir droit devant lui, il perd tout sens de l'orientation.

Des couloirs étroits et accueillants, des caves toujours obscures ou à peine éclairées d'une lumière crépusculaire, des nids profonds, des égouts aux murs suintant d'humidité – comme je regrette ce labyrinthe spacieux et sûr !

Bien qu'attaché, le chargement bouge. J'entends le fracas des nouvelles caisses qu'on embarque, le murmure des flots, le ronflement lointain des moteurs et le vrombissement de l'hélice.

Je suis dans une cale très encombrée, tout au fond du navire, près de la quille. Je perçois toutes les vibrations, le ronronnement des installations frigorifiques, les secousses de la coque.

Je me sens las, morose, apathique. Je n'ai pas envie de manger, ni de ronger, mes incisives ont poussé, leur longueur devient préoccupante. Le comportement des autres rats a changé également, je m'en rends compte. Même les plus agressifs, les plus méchants d'entre eux ont perdu le goût de la chasse, du combat, de l'attaque.

L'anxiété provoque l'insomnie – je m'assoupis pour un bref moment et dois aussitôt faire face à toutes sortes d'ennemis : des chats, des oiseaux, des serpents, une multitude d'araignées, de puissants jets d'eau, le bras d'acier d'une souricière, des flammes – je suis assailli, traqué, persécuté.

Je me réveille aussi épuisé par le sommeil que par le voyage. Harassé et douloureux, je me rendors.

Au fond de mon sommeil m'attend une horde de

rats affamés. Leurs dents se rapprochent de plus en plus. Je veux m'enfuir, mais ils m'encerclent, se jettent sur moi, m'agressent, me mordent. Je ne leur échapperai pas, je n'ai aucune chance.

Me voilà à nouveau dans une rue d'une ville tropicale grouillante d'araignées, d'insectes venimeux et de serpents. Je m'enfuis. Mais la chaussée s'interrompt brusquement. Je tombe dans le vide avec un piaillement perçant qui me réveille.

Le bateau gîte violemment, les caisses se déplacent, craquent, gémissent.

Ici, les rats ne réagissent pas à mon odeur. Peut-être parce que, dès mon arrivée, je me suis installé provisoirement dans un nid abandonné et me suis imprégné de ses effluves. Ou alors, cette ville est précisément celle que je cherchais depuis longtemps.

Au début, je prends toutes les précautions. J'évite de me hasarder dans les caves et les égouts, partout où les rats circulent et nichent, et lorsque je vais m'alimenter sur les décharges, j'observe attentivement le comportement des rats autochtones : ils agissent comme s'ils ne me voyaient pas.

Je redoute toujours une attaque inopinée. Aussi je ne pénètre jamais dans leurs nids, je ne m'en approche pas, je ne les effleure même pas de mes vibrisses, je préfère mener la vie d'un solitaire.

J'habite tout près des hommes, dans les lieux où ils vivent. Les murs épais de la vieille maison dissimulent nombre de fissures et de lézardes, des hottes de cheminée et des tuyaux de décharge hors service, rongés par la rouille.

Je me suis caché tout en haut du bâtiment, sous le plancher de l'étage supérieur, à proximité du toit garni de plaques de tôle. Souvent, j'écoute les menus bruits qui viennent de l'extérieur – les oiseaux qui se promènent sur la surface métallique.

Tu es là depuis le début de l'hiver. L'homme qui habite dans cette chambre ne paraît pas avoir remarqué ta présence.

Même le grincement de tes dents usées contre une latte du plancher ne détourne pas son attention de ses papiers étalés.

Juste à côté de la table, il y a un piano droit. L'homme s'en approche et frappe les touches. Puis il revient à ses papiers. Au début, les sons âpres qu'il tire de son instrument me faisaient peur. À présent je m'y suis habitué et je choisis souvent le moment où il est assis au piano pour traverser la chambre derrière son dos voûté. De temps en temps, il prépare une boisson chaude, luisante et noire, dont le parfum me donne de violentes crampes d'estomac. Car ici, à part les cloportes desséchés et les paperasses, il n'y a rien à manger. Aussi descends-tu jusqu'à la décharge pour y grignoter une couenne de lard, de menus restes de viandes, des boyaux de poule. Tu ne te hasardes pas plus loin car en hiver, lorsque la neige recouvre tout et que les rats affamés ont de la peine à se procurer de la nourriture, ce serait trop risqué.

L'homme t'a repéré. Tu pointais juste la tête hors de la corbeille à papier, près de la porte, dans laquelle tu n'avais d'ailleurs rien trouvé, comme d'habitude. Tu as sauté par terre, mais il n'a pas esquissé un geste pour t'attraper.

Dans mon sommeil, je sens un délicieux parfum de fromage qui vient de la chambre.

Je risque au-dehors l'extrémité de mon museau et

mes vibrisses. Le fromage est à mi-chemin entre la table et mon trou. Longtemps je lutte contre moi-même, j'ai peur que l'homme ne cherche à m'attirer à l'extérieur. Il est de nouveau en train de jouer du piano.

Je sors prudemment de mon abri, cours vers le morceau de fromage et m'en empare. Je m'aperçois maintenant qu'une soucoupe est posée à côté. Il y a une éternité que je n'ai pas bu de lait. Très vite, je transporte le fromage dans mon trou. L'homme a détourné les yeux de son clavier, il m'observe. Quand j'ai fini de manger, je ressors et me dirige vers la soucoupe. Il me regarde boire. Soudain, il cesse de jouer. Effarouché, je me sauve.

Depuis ce jour, je trouve régulièrement à manger sur le plancher. Un morceau de pain, de fromage ou de lard, une queue de poisson. Dans la gamelle, du lait, parfois de l'eau. Je n'ai plus peur. L'homme a une attitude amicale. Il ne crie pas, ne lance pas d'objets sur moi. Désormais, je ne transporte plus la nourriture dans mon trou. Je la mange sur place, en sachant qu'il m'observe.

Derrière la fenêtre souffle le vent d'hiver. Il s'engouffre dans la maison par les conduits de la cheminée et de la cuisine, il hurle et gémit. Une araignée venimeuse et rapide rôde dans la chambre à la recherche d'insectes engourdis et de larves. Je la vois se promener sur le lit de l'homme endormi, parcourir sans bruit son visage.

L'hiver se poursuit. Au réveil, je sors de mon trou et me dirige comme d'habitude vers la nourriture. Aujourd'hui, il n'y a rien. Rien que du lait tourné dans la soucoupe.

L'homme est couché sur son lit, je l'entends qui respire, halète, gémit.

Des pas dans l'escalier. La chambre se remplit d'hommes. Effrayé, je m'enfuis et descends, le long des conduites d'eau, jusqu'aux boîtes à ordures couvertes de neige pulvérulente.

De lourdes bottes font un bruit désagréable. Les intrus sont toujours dans la chambre, je les entends glousser, siffler, souffler, respirer bruyamment.

La nuit venue, une bougie éclaire le visage luisant de l'homme qui gît, inerte sur son lit, et le dos incliné de l'autre, assis à côté de lui.

Cette fois encore, je ne trouve pas de nourriture sur le plancher. Je dois descendre à la cave et apaiser ma faim avec des pommes de terre crues. Je m'endors et me réveille à plusieurs reprises. L'homme est toujours couché, sa respiration est devenue sifflante, il suffoque, il s'étouffe.

Nouvelle expédition dans la cave. Les rats que je rencontre ne me manifestent plus la même indifférence. Ils m'attaquent. Je rebrousse chemin. La chambre est vide. L'homme n'est plus là. Les paperasses dispersées dans tous les coins ont disparu également, l'odeur de la chambre obscure s'est dissipée.

Il n'y a plus trace de présence humaine. Seule l'araignée tisse ses toiles dans les coins.

Ténèbres, un océan de ténèbres. Ténèbres initiales, ténèbres finales.

C'est dans les ténèbres que le voyage commence et s'achève. Te voilà de retour.

Très loin, tout au bout de l'horizon, une explosion lumineuse, un éclair, une flamme qui court et embrase un espace de plus en plus vaste, dévore les collines.

Il suffit d'un coup de vent un peu plus fort pour que des incendies éclatent sur le dépotoir et se déchaînent avec une violence exceptionnelle. Leur déclenchement est soudain, inattendu, dévastateur, terrifiant.

Des gaz de décomposition comprimés sous la terre se fraient un chemin vers la surface où ils jaillissent et s'enflamment au contact de l'air. Les hommes éteignent le feu en le recouvrant de détritus et de sable, en y déversant de l'eau, du ciment.

Des filets de fumées malodorantes filtrent à travers le sol, s'amassent en nuages suspendus au-dessus des collines et se propagent jusqu'au port. Alors les oiseaux s'envolent plus haut encore, on ne les distingue même plus. Des tourbillons m'enveloppent, me piquent les yeux et les narines.

Mais ici, au moins, je suis en sécurité. Les effluves des ordures encore chaudes m'imprègnent, je me suis défait de mon odeur originelle et j'ai quasiment perdu l'odorat.

Les rats qui vivent ici sentent tous le brûlé, la cendre et la fumée, ils ne reconnaissent plus l'odeur qui autrefois les distinguait. Toutes les familles vivent côte à côte en bonne intelligence, sans se battre ni se voler leur progéniture, sans haine, également imprégnées de la puanteur de l'incendie, de l'âcre senteur de ce champ d'immondices.

Mais dès que le vent violent qui souffle de la mer aura éteint le feu et dissipé les fumées volatiles, dès que les hommes auront déversé sur les flammes des camions de sable, quand l'incendie sera étouffé et que la pluie aura lavé les traces et la suie grasse – alors, nous, les rats, nous retrouverons notre ancienne sensibilité olfactive et, ne percevant plus de menace extérieure, nous reprendrons la lutte mortelle qui nous oppose les uns aux autres, qui oppose chacun à tous ceux qui ne font pas partie de sa tribu. Nous recommencerons à nous haïr, à nous battre, à nous entre-déchirer, à nous persécuter.

Jusqu'au moment où de nouvelles bulles de gaz ayant pris naissance dans les profondeurs de la décharge viendront crever à la surface et où la fumée pestilentielle d'un nouveau brasier nous enveloppera.

Le long du tronc écorcé à l'odeur de résine s'écoule un filet de liquide.

Un homme est suspendu là-haut les bras écartés, la tête penchée sur son épaule.

La chaleur torride augmente ma soif. Du sang humain, des sécrétions humaines, de la sueur. Le vent assèche mes gencives où ne subsiste plus la moindre trace d'humidité. La gueule ouverte, le cou tendu en avant, je m'approche furtivement du poteau de bois lisse.

Mes narines s'imprègnent de ce goût d'homme. Dressé sur mes pattes de derrière, en appui sur la queue, j'allonge le cou, je remue les vibrisses, je tire la langue. Le but est proche, de plus en plus proche. Sous l'effet de la chaleur, le liquide sombre se coagule et sèche sur le bois tiède. Je sautille ici et là autour du tronc, en vain. La lumière m'éblouit et je retombe sur mes pattes de devant, le ventre contre la terre imbibée de soleil. Je me repose avant de faire une nouvelle tentative.

Le sang humain étancherait ma soif et calmerait ma faim, il me redonnerait des forces.

Tu t'es retrouvé ici par hasard. Parce qu'on y a

déposé la caisse débarquée du bateau. Tu as découvert un sable effroyablement clair et scintillant, et des serpents qui rampaient parmi les rochers. Sauve-toi. Tu es fait pour les caves froides et les égouts, les boyaux sombres et les cours ombreuses, tu es une créature des ténèbres. Sauve-toi, fuis le plus loin possible.

Le sang m'attire, je voudrais me remplir le ventre de ce liquide de vie qui renouvellerait mes forces, décuplerait mon énergie.

Mais il a cessé de couler, il s'est infiltré dans le bois où je ne peux plus l'atteindre. C'est impossible, j'ai beau tourner autour du poteau, tendre l'échine, faire des bonds.

Une ombre qui passe t'effarouchera. Tu te laisseras glisser jusqu'au bas de la colline poussiéreuse, dans la vallée, entre les voitures qui empestent l'essence. Tu mangeras n'importe quoi : un lambeau de papier, des excréments humains, des insectes grouillant dans un cloaque. Et lorsque tu auras trompé ta faim, tu seras prêt à te remettre en route, à reprendre ta course folle.

Quand la nuit étendra son aile sur la terre, tu retourneras là-haut. Tu grimperas sur la colline, tu te dresseras contre le poteau sur tes pattes de derrière et tu étireras le cou.

Au lieu du sang, tu sentiras le goût de l'eau, une eau légèrement saumâtre au relent de résine. Tu ne sauras pas si c'est une odeur de pluie, de sueur éventée ou d'urine. L'homme suspendu au-dessus de toi est inerte et silencieux, il est mort. Tu n'as rien à craindre de lui. La chute d'un caillou te signalera l'approche d'un serpent et tu t'enfuiras, tu dévaleras la colline ou plutôt tu te laisseras rouler jusqu'en bas.

Par une fente entre des bâches, tu te glisseras à l'intérieur d'un camion. Là, tu t'endormiras. Le bruit du moteur qui démarre te réveillera.

Tu oublies, tu t'éloignes et tu oublies. Les poursuites, les fuites successives. Le paquebot. La ville. C'est maintenant seulement que ce souvenir remonte du fin fond de ma mémoire, il m'est revenu en même temps que d'autres, vagues et nébuleux, images pâlies et incertaines qui se forment devant moi dans les ténèbres.

Je pousse un piaillement aigu, strident, je voudrais me réveiller. Mon propre cri et la sensation des pierres chaudes sous mes pattes me ramènent à la conscience de l'endroit où je me trouve, où je suis revenu.

A moins que je ne sois encore là-bas et que cette obscurité qui m'entoure ne soit celle d'une nuit chaude sur la colline enveloppée de gaz d'échappement et de la fumée des moteurs, baignant dans une odeur d'essence et de cambouis. Je trottine sur le sol pierreux autour de l'arbre d'où s'écoule du sang humain. La soif me brûle de plus en plus, mes gencives asséchées me font mal. Sans parler de ce vent sec, brûlant, accablant.

Le danger est partout. Je ne sais pas si, d'un instant à l'autre, je ne vais pas me faire attaquer par le mâle ou la femelle de ce couple enragé. La femelle a surgi à l'occasion d'une escale dans un port et elle s'est liée à un jeune rat installé à demeure sur le paquebot.

Tous deux sèment la terreur parmi les rats qui vivent ici et qu'ils assaillent avec une férocité inouïe. Impossible de s'en protéger. Ils peuvent apparaître n'importe où. Vous surprendre à tout moment. La nuit, je quitte souvent la cale pour rejoindre le pont en empruntant tout un réseau de tuyauteries.

Je préfère un espace ouvert plutôt que l'obscurité de la cale s'il faut faire face à une de leurs agressions soudaines, douloureuses et parfois mortelles. Le couple a établi son nid dans ma cale, si bien que je suis devenu le principal objet de leur hostilité. Ils se sentent forts et ils sont en train d'assurer leur domination sur tout le navire, pourchassant d'un endroit à l'autre les quelques rats solitaires qui vivaient ici.

Ils font preuve d'une sauvagerie particulière, s'approchant furtivement et en silence d'un rat endormi ou occupé à se nourrir pour l'attaquer de flanc, planter les dents dans son cou, lui sauter sur le dos, lui mordre par-derrière la queue, l'échine ou les testicules.

Leur agressivité a beaucoup augmenté depuis que la femelle s'apprête à mettre bas. Trouver un abri sûr est devenu très difficile car le couple a entrepris de débarrasser son territoire – le paquebot entier – de tous les rats étrangers.

Le mâle chasse généralement les mâles, et la femelle, les femelles, mais il leur arrive souvent d'attaquer tous les deux en même temps. Terrorisés, vivant sous une menace constante, épuisés par le manque de sommeil, les rats tombent malades et crèvent. J'en rencontre à divers endroits : balafrés, couverts de traces de morsure, de croûtes et de plaies, ils sont sur le qui-vive, prêts à détaler au premier bruit, au moindre murmure. Dans un recoin de la salle des machines, j'ai découvert le corps exsangue d'un rat portant une blessure profonde au cou. Il a réussi à fuir jusqu'ici, parmi les tôles vibrantes qui ronflent ; c'était le dernier refuge possible, à l'exception du pont.

J'attends que le navire accoste.

A chaque instant, la peur est là, qui envahit tout, ôte le sommeil, affaiblit et paralyse. Je trouve de plus en plus de rats morts d'épuisement ou massacrés.

Enfin, nous touchons terre. En dehors du couple et de sa portée qui vient tout juste de naître, je suis sur le paquebot le dernier rat vivant.

Tu t'es perdu. Vainement tu as essayé de t'arracher au cercle sans fin des cours, des caves, des chaufferies, des décharges, des tunnels, des conduites. Chaque tentative te ramenait à ton point de départ. Déconcerté par tous ces efforts infructueux, je cours en essayant de me rappeler le chemin par lequel je suis arrivé ici. Je saute par-dessus des seuils, je me faufile dans des lézardes, je grimpe le long de murs vermoulus et je me retrouve dans la cave que je viens de quitter. Les amoncellements de caisses, de vieux meubles, de chiffons, de tonneaux, de vieilleries de toutes sortes créent une atmosphère qui te convient tout à fait. Pourtant, tu ne peux pas rester ici, les rats te chasseront. Je m'arrête devant un trou qui mène à un nid. Peut-être y a-t-il par là une autre issue.

Mais je rebrousse chemin. Je redoute les dents pointues, les coups de griffes, les cris perçants. Une fois encore, je reprends mon exploration, qui me ramène à l'endroit d'où je viens. Installé au sommet d'un tas de caisses qui monte presque jusqu'au plafond, je m'endors.

Les sons rythmés d'une musique me réveillent, et le trépignement de pieds humains – lourds, bruyants, qui font vibrer le sol. L'abat-jour aplati de la petite lampe vacille juste au-dessus de ma tête.

Ce bruit de pas... lorsque tu étais caché sous la dalle du trottoir et que des hommes marchaient au-dessus de toi... Lorsque tu écoutais les vagues qui venaient battre contre la coque de fer... En levant la tête, tu aperçois une étroite ouverture en forme d'entonnoir... C'est de là que viennent les sons. Ils évoquent en toi des échos lointains, des chuintements, des murmures. Ils te rappellent les voix des instruments de musique, le susurrement de l'eau qui s'écoule dans les égouts.

Par là, on peut sortir. Par là on peut s'échapper. A présent le silence s'installe, les piétinements ont cessé. Je m'insinue dans le goulot, mon corps le remplit tout entier. Me voilà sous le plancher du local d'où viennent des voix. Peut-être réussirai-je à m'échapper sans me faire voir.

Une large fente éclairée entre les planches. Je m'y précipite. Partout, des hommes. Je tourne en rond, cherchant vainement une possibilité de m'évader, mais il me faut regagner en hâte ma cachette, tout tremblant de peur.

Fébrilement, tu cherches une autre sortie. Tu passes par des caves que tu as déjà explorées plusieurs fois, traverses des décharges, des caniveaux, longes des couloirs, des conduites d'aération de cuisine. Et cette fois encore, tu te retrouves au même endroit, à ton point de départ.

Tu fuis devant un rat qui grignote une croûte de

pain sur ton chemin. Soigneusement, tu examines les murs, vérifies les fissures, les lézardes que tu as déjà explorées tant de fois. Ça y est – là, dissimulé dans une obscurité profonde, voici un trou !

Des surfaces planes, mates, à la fois dures et lisses, qui se rejoignent sans former d'angles, sans la moindre arête. Les couloirs se ramifient, se rejoignent, se croisent, bifurquent ou convergent. Ils mènent tous au but. Ne se terminent jamais sur un de ces murs aveugles contre lesquels tu te cognes soudain la tête. Chaque itinéraire que tu choisis est le bon, il te suffit de courir tout droit.

Devant toi, la surface grise reflète la lumière venue d'en haut sans blesser tes pupilles par un éclat trop brutal.

Depuis l'instant où tu t'es retrouvé ici, tu ne perçois plus aucun danger, tu as cessé de te sentir cerné, traqué, persécuté.

Des petits rampent sur toi et tu les écartes doucement, sans colère. Tu te glisses sous une grande et large femelle, et elle ne te repousse pas.

Les rats sont nombreux dans le nid, couchés les uns sur les autres.

Cette odeur est ton odeur, cette famille, cette grande famille de rats – c'est ta famille, enfin retrouvée.

Comment suis-je arrivé là ? Tout d'un coup. Au

moment où tu t'y attendais le moins. Flaire, vérifie, touche avec tes vibrisses pour bien te convaincre.

Les murs, le sol, les rebords arrondis, les trous rongés dans les planches, les couloirs creusés de sillons te semblent familiers, comme si tu habitais ici depuis toujours, comme si tu n'avais jamais quitté ces lieux.

La nourriture est là, abondante – viande saignante, graisse, fromage, poissons, grain. Les rats dévorent, mordent, coupent, tranchent, broient, engloutissent.

Il n'y a pas de pièges ni de poison, aucun danger, pas de chats ni d'hommes, pas de chiens, pas de serpents. Tous les animaux sont plus petits que toi, plus faibles, dépendants de toi. Je tue un oiseau, dérange un nid de souris dont je dévore les petits.

Je suis un rat fort et agile, extraordinairement rapide et adroit.

Entre sommeil et veille, entre veille et sommeil ? A quel endroit ? Où ?

Les rats dévorent un homme mort. Ils sont installés autour de lui, sur lui. Ils détachent la chair des os, mangent d'abord la graisse tendre, le tissu conjonctif, étirent les veines, les muscles, les pelotes de nerfs. A présent ils ont pénétré à l'intérieur du corps. Découpant la peau en plusieurs endroits, ils ont rongé, creusé pour s'introduire de force dans les chairs. Ils rampent, glissent. On dirait que l'homme reprend vie.

Nous sommes en lui, dans ses entrailles. Sa peau remue. Nous y creusons des tunnels, tranchons à coups de dents les tissus et les membranes, les os et les cartilages. A travers la bouche grande ouverte, où il n'y a plus de langue, je me fraie un chemin vers l'intérieur de la tête, vers le cerveau.

Soudain, tout s'interrompt. Je suis là où j'étais tout à l'heure, de retour dans cette cave, sous la voûte bruyante qui vibre. J'entends tout près des chats miauler, des chiens aboyer, des hommes qui marmonnent, des machines qui hurlent et grondent.

J'attends que les rues soient désertes pour continuer mon voyage.

Dans un haut récipient de verre, j'aperçois un gros rat blanc. Il a le pelage lustré, un peu ébouriffé sur le dos, des oreilles presque transparentes, la queue recouverte d'un léger duvet blanc.

Il est assis là, immobile et gras, et se contente de remuer les narines.

Il me sent.

Je m'approche de la vitre et me dresse sur mes pattes de derrière. Il sort de sa léthargie et me fixe avec des yeux comme je n'en ai encore jamais vu à aucun rat. En retroussant son nez, il découvre des dents longues, hypertrophiées.

Je mords la paroi de verre. Je le hais. Dès que je me réveille, dès que les hommes quittent l'appartement, je viens ici, je reviens sans cesse. Je tourne autour du récipient transparent. Avec mes dents, j'essaie d'entamer les joints de métal. Je parcours la grille qui recouvre le bocal et je m'efforce de la soulever, de la déplacer.

L'odeur du rat blanc tapi à l'intérieur et que je n'arrive pas à atteindre m'irrite, m'énerve, me rend de plus en plus féroce.

Le rat blanc s'inquiète, lui aussi, il observe mes

tentatives et va et vient le long des murs de sa prison, le poil hérissé.

Nous nous examinons l'un l'autre, chacun d'un côté de la vitre. Le nez collé contre le verre, nous nous montrons les dents. Si seulement je pouvais lui sauter à la gorge, le renverser, le mordre, le mettre en pièces, le tuer.

C'est une haine inextinguible, une rage qui ne connaîtra jamais d'issue, de satisfaction. Les deux rats séparés par la vitre s'agitent, sautent en l'air, poussent des cris de guerre perçants. Le pelage hérissé, les yeux écarquillés, le cou tendu en avant. Assis sur leurs pattes de derrière, en appui sur leur queue, ils aspirent l'air avec un sifflement, hument les effluves détestables de l'ennemi.

Jamais, malgré la volonté que j'en avais, malgré tous mes efforts, je n'ai réussi à dévorer un rat blanc, ni même à me battre avec lui. Nous avons toujours été séparés par une grille d'acier ou une vitre épaisse, et malgré mes multiples tentatives pour passer de l'autre côté, je n'y suis jamais parvenu.

Et pourtant j'ai vécu à l'ombre de ces rats blancs, presque parmi eux, dans les locaux qu'ils occupaient, tout imprégnés de leur odeur.

Les rats blancs se dressent sur leurs pattes postérieures, allongent leur tête dans ma direction, sautent en l'air pour essayer d'atteindre le rebord des parois de verre, attaquent les joints de métal avec leurs dents.

Ils sont partout, dans des hauts bocaux et dans des boîtes transparentes fermées en haut par un grillage épais, dans des cages aux barreaux d'acier. Leur odeur suffocante, concentrée dans ces salles toujours closes, provoque ma fureur, suscite ma haine. Ma propre odeur est complètement recouverte, anéantie, je ne la perçois plus moi-même.

Ils sont assis immobiles dans leurs cages, agitant la tête en cadence. Ou alors ils courent le long des parois ou à l'intérieur d'un tambour qui tourne. Hérissé, débordant de colère et d'animosité, je grimpe sur une cage et me promène sur le filet métallique qui la recouvre. Puis je passe à la suivante et continue ainsi, de cage en cage. L'odeur de cette race étrangère, que j'avais peine à supporter au début, ne me trouble plus. Les rats séparés de moi par des vitres et des grilles vivent leur propre vie, ils ne peuvent rien contre moi, jamais ils n'arriveront à sortir de leurs nids transparents, jamais je n'arriverai à y entrer.

Cela ne m'empêche pas d'aller nerveusement d'une cage à l'autre, prêt au combat, de tout tenter pour pénétrer à l'intérieur, d'user mes dents contre le métal des barreaux et des joints, de coller mon nez sur la vitre comme si je m'attendais à ce qu'elle cède d'un coup, s'ouvre ou se brise. Mais les couvercles grillagés tiennent bon, les bords sont solidement assemblés, le verre résiste à mes assauts.

Au bout d'un certain temps, ce fut comme si les rats blancs avaient cessé d'exister, je me suis mis à évoluer entre leurs logis transparents comme s'ils étaient vides. Eux aussi se sont habitués à me voir passer et à présent ils ne lèvent même plus la tête, ils restent assis là, immobiles et moroses, ou remuent en cadence leurs mâchoires lorsqu'ils se nourrissent de ce que leur apportent les hommes. Ils n'ont pas besoin de capturer des proies, de chasser, de tuer, de voyager ni de fuir. Les hommes leur donnent à manger, remplissent d'eau ou de lait les petites coupelles d'aluminium, transportent les rats d'une prison à l'autre, leur plantent dans le cou ou dans la queue de longues aiguilles métalliques. Les rats secouent nerveusement leur tête qui pend sur le côté.

Cette abondance de nourriture m'attire et m'excite.

Je me suis installé sous le plancher. La maison est vieille, pleine de conduits de cheminée, de ventilateurs hors service, de lézardes, de murs effrités. La chaleur se propage d'en bas, par les tuyaux.

Au moment des premiers froids de l'automne,

c'est un endroit calme et confortable. Je ne quitte donc pas le bâtiment habité par les rats blancs.

Les hommes préparent la nourriture dans la salle voisine, entièrement revêtue de carrelage lisse, étincelant. Juste à côté se trouve une réserve où je pénètre sans difficulté, à travers le conduit d'aération piqueté de rouille.

Poisson séché, graines, petits pois, pain, légumes – les rats blancs reçoivent tout en abondance.

Ils sont malades. De grosses tumeurs noires leur gonflent le cou, la tête, le ventre. D'abord de taille réduite, à peine visibles, elles augmentent bientôt de volume, on dirait qu'elles dévorent de l'intérieur la chair du rat, digèrent ses muscles, ses tissus, ses os. Elles forment des bosses luisantes au milieu des petits poils blancs et délicats. Comme si elles se frayaient un passage vers l'extérieur.

Les rats maigrissent, perdent leurs poils, n'ont plus que la peau sur les os. Certains meurent vite, d'autres survivent plus longtemps, le corps tordu, paralysé, couvert de sombres excroissances.

Les hommes opèrent les rats, incisent les tumeurs, examinent les viscères.

Celui-ci me regarde à travers la vitre comme s'il ne me voyait pas. Une énorme grosseur noire sur son ventre l'empêche de bouger.

Sa queue et ses pattes de derrière ne touchent plus le sol. Il doit avancer sur ses pattes de devant, ramper jusqu'à la petite coupelle pour boire. A côté de lui, une femelle a sur le cou une grosse tumeur qui a crevé, et une autre, moins volumineuse, à la base de la queue.

La peur est là, la peur grandit. Les rats crèvent,

ils agonisent, s'écroulent sur le flanc, secoués de convulsions et, dans un ultime spasme, font voler d'un coup de patte un morceau de carotte ou de pain avant que la mort ne les immobilise. Mâles et femelles s'accouplent, copulent, leurs corps couverts de bubons noirs rampent l'un sur l'autre. Les femelles malades mettent bas.

Toi, tu observes tout cela à travers l'écran de la vitre, de l'autre côté – du point de vue de ta propre vie, une vie qui n'est pas enfermée entre des cloisons de verre, cernée de grilles, une vie libre, sans barrières.

Tu t'habitues à voir mourir les rats blancs, à assister à leur lente agonie. Tu es fort, gras et bien portant, ton pelage brille dans la lumière. Tes vibrisses se dressent, sensibles, vigilantes. Tes incisives attaquent le bois le plus dur, tranchent les gaines de plomb des câbles. Tu n'as plus peur, la mort des rats blancs ne te concerne pas, elle se situe quelque part au-delà de toi, au-delà de ton angoisse.

Les hommes viennent rarement, seulement le matin. En général, c'est le moment où je dors après mes équipées nocturnes. Je ne me réveille que lorsqu'ils quittent le bâtiment.

Tu observes les hommes, tu observes les rats blancs. T'étant aventuré au grenier, tu y découvres toutes sortes de caisses, abondamment marquées d'excréments de rat. Tu pénètres dans l'une d'elles par un trou et t'engages dans un des deux couloirs latéraux. Un mur aveugle t'arrête. Tu fais demi-tour et pénètres dans l'autre couloir, symétrique. Même chose. Cherchant une issue, tu optes cette fois pour le couloir central, en face de toi. Échec. Tu vérifies le premier itinéraire. Oui : avant d'arriver au bout, tu découvres une bifurcation. Par là, tu peux ressortir de l'autre côté. Lorsque tu veux essayer de nouveau, tu ne retrouves pas tout de suite le bon chemin. Mais ta seconde tentative est couronnée de succès.

Dans chaque caisse, les couloirs sont agencés différemment. Te voilà prisonnier : en explorant un petit espace, tu as soulevé avec ton nez une trappe en tôle qui est retombée derrière toi.

Un piège. C'était un piège et je suis pris. Je cours dans tous les sens, vérifie tous les recoins, me rue contre les parois, me cogne la tête contre la vitre qui recouvre la caisse. Je tourne en rond.

Soudain, une des parois cède sous ma poussée et se soulève. Un bref couloir à franchir, et me voilà dehors.

Au cours d'une autre visite dans le grenier, un peu plus tard, je pénètre à nouveau par mégarde dans la même caisse. La situation se répète. Pendant un bref laps de temps, impossible de trouver le moyen de sortir. J'ai beau tout explorer, mes efforts restent vains. Enfin la paroi cède. Ce second emprisonnement m'a terrifié. A présent, j'ai bien repéré cette caisse, je n'y pénétrerai plus.

Les hommes transportent les casiers dans un autre local et les installent de telle sorte que les rats doivent les traverser pour atteindre la nourriture et la boisson. Posté au-dessus, je les regarde faire à travers les vitres.

Dans la cave, un rat gris, un autochtone a fait son apparition. Nous nous reniflons, nous nous touchons. Il pousse un cri perçant et me saute à la gorge.

Du coin de l'œil, j'en aperçois déjà un second. Le combat est perdu d'avance, il ne me reste qu'à fuir, à renoncer à ce gîte chaud et confortable, à reprendre mon errance.

Pour le moment, je me suis réfugié au grenier. En détournant l'attention de mes agresseurs, les rats blancs m'ont sauvé. Lorsque la faim me pousse à redescendre à l'étage inférieur, les rats gris ne sont plus là, les hommes les ont effarouchés.

Ils reviennent la nuit. Efflanqués, affamés, transis de froid, agressifs. Un trou dans le contre-plaqué qui obstrue la fenêtre de la cave me permet de me glisser dehors. Des flocons de neige m'assaillent, poussés par un vent glacé.

D'ici aussi tu seras chassé. Poursuivre ton chemin à travers ce cimetière n'a pas de sens. Les rats qui y vivent, se nourrissant de chair humaine en décomposition, ne toléreront pas ta présence. Sous les dalles lourdes des tombeaux, au fond de la terre règne une atmosphère calme et rassurante. C'est tout juste si les sons du dehors parviennent jusque-là. Et surtout, il y a de quoi manger, une surabondance de nourriture – viande, graisse, cartilages.

Un rat qui trottine sur la bordure de pierre saute dans la fosse et s'approche de toi. Vos vibrisses se frôlent. Un cri perçant. Tu t'enfuis.

Tu vas devoir continuer ton errance, repartir en quête de cette ville dont l'existence te paraît de plus en plus douteuse. Mais tu n'as pas le choix, tu n'as plus le choix. Il faut te remettre en route.

Une chaîne de rats reliés par l'extrémité de leur queue, attachés, soudés les uns aux autres. Chacun semble vouloir aller dans une direction différente, mais aucun ne se retourne pour couper avec ses dents le bout de sa propre queue. Tu les observes.

Ils sont là, immobiles dans une immense caisse, telle une grande fleur grise. Gras et bien nourris, ils n'ont pas besoin de se préoccuper de leur pitance. Les hommes la leur apportent sous le nez, de quoi rendre complètement apathique.

Dans un coin, je découvre un bocal rempli d'un liquide à l'odeur repoussante. Une frayeur soudaine m'envahit. Les pièges que j'ai vus dans la cave prouvent que les hommes recherchent les rats, ils en ont besoin. Ils échangent probablement ceux qui sont vieux et malades contre d'autres, jeunes et sains.

Adipeux, somnolents et comme abasourdis, les rats me regardent filer sur la plaque de verre qui recouvre leurs caisses. Je cours jusqu'à la cave.

Là, je fais mes besoins sur un piège. Perché audessus de la cage, je vois mes excréments tomber sur une tête de poisson qui sent fort. C'est un avertissement pour les autres rats, aucun n'entrera plus là-dedans à présent.

Par la fenêtre entrouverte de la cave, je me glisse au-dehors. Dans la poubelle, sous un tas de pelures d'oranges, j'aperçois un rouleau de papiers entourés d'une ficelle. A coups de dents, je tranche, coupe et hache jusqu'à ce qu'il ne reste plus que de menus morceaux que le vent disperse.

Le murmure de la mer me rappelle qu'il est temps de quitter la ville, de me mettre en quête de contrées plus propices. Je trottine vers le port.

Dans un édifice rond en pierre, non loin de là, je trouve une écuelle avec un fond de lait caillé. Je bois avidement, jusqu'à la dernière goutte. Le port avec ses paquebots n'est pas loin. J'entends d'ici le hurlement caractéristique des sirènes. Ayant quitté le bâtiment de pierre, je me remets en route, longeant le littoral. Je décris un large cercle pour contourner les éboulis de galets hantés par les rats. Le vent m'apporte leur odeur étrangère.

Je sors prudemment d'un tonneau, parcours un vaste plancher vide. A travers un carreau cassé, je me faufile dehors. Me voilà assis au soleil, non loin d'une grande décharge. Une faim brûlante, pressante me torture. Je dresse l'oreille, attentif à tout ce qui m'entoure, prêt à repérer tout danger imprévu. Des bâtiments tout proches me parvient l'aboiement d'un chien, atténué par l'épaisseur des murs.

Hormis ce chien, l'endroit paraît sûr. Je grimpe donc sur le muret de brique et me laisse glisser au milieu d'un amoncellement de fruits gâtés, de feuilles de choux pourris, de pelures, de boyaux et d'écailles. Je me jette sur la nourriture. Parmi toutes ces friandises merveilleusement odorantes dont l'excès – après une longue période de jeûne – a bien failli me saouler, j'ai oublié le danger. Je suis donc occupé à manger très tranquillement et, tandis qu'une délicieuse chaleur se répand dans mon ventre et mes intestins, je m'abandonne à une molle paresse, fasciné par le bourdonnement des grosses mouches brillantes qui recouvrent d'un tapis épais et sombre certaines zones de la décharge.

Soudain, j'éprouve un choc violent dans le flanc

et une douleur aiguë au cou. Un rat fou furieux vient de me mordre par surprise. J'ai beau prendre une attitude menaçante, il m'attaque derechef avec une force telle que je me retrouve sur le dos. Il m'aurait sans nul doute dévoré si je n'avais pas réussi à le repousser in extremis d'une puissante détente de mes pattes arrière. Il lance alors un cri perçant – c'est un signal.

Un deuxième rat me saute dessus. Comme il est nettement plus petit, je le renverse sans peine. Mais au même moment surgit un troisième adversaire. Je prends la fuite aussitôt, je sais que les rats de l'endroit, avertis de ma présence, vont se lancer à mes trousses. Comme je me glisse hors de la décharge, je me retrouve nez à nez avec un gros mâle.

Détalant le long du mur d'un magasin, j'évite tous les trous et orifices divers qui, dans la situation où je suis, peuvent se révéler plus dangereux que le pire des pièges. Acculé dans une cave, un égout ou un nid, je n'aurais pas la moindre chance de salut. Je ne connais pas le terrain et fuis à l'aveuglette, terrifié, désespéré, voulant sauver ma vie à tout prix. A un moment, je sens une cruelle morsure au bas du dos. La douleur décuple mes forces et, filant de mur en mur, je me rue dans un espace découvert. Soudain, je me retrouve parmi des arbres dont les branches poussent très bas. Une chose est sûre : mes persécuteurs sont sur mes traces et si je ne trouve pas rapidement une cachette adéquate, c'en est fait de moi. Profitant des excroissances et des cicatrices de l'écorce, je grimpe entre les branches, effarouchant quelques oiseaux. Et je demeure là, tapi parmi les feuilles qui se balancent au vent, effrayé par cet environnement inconnu, redoutant de tomber ou d'être repéré par un oiseau rapace. Toutefois je n'ai pas le temps de m'appesantir sur ces impressions car au pied de l'arbre viennent de surgir les rats lancés à ma poursuite. Les yeux écarquillés, les poils hérissés par l'excitation, ils courent entre les troncs, se heurtent les uns aux autres, se mordent, se reniflent, cherchant leur proie.

De plus en plus tendu, quasi mort de peur, je les vois d'en haut qui rôdent alentour, exaspérés par ma soudaine disparition.

Je suis complètement épuisé, près de succomber à force de tension et d'angoisse, lorsque surgit une autre bande de rats qui se jettent rageusement sur mes persécuteurs. Je reste encore longtemps blotti dans les branches, attendant qu'ils cessent de se battre et se dispersent. Si je m'étais trouvé en bas, parmi eux, j'aurais été attaqué aussitôt et très probablement mis en pièces.

Tu te trouves à l'intersection de deux zones occupées par des familles de rats qui se font la guerre et s'entre-dévorent à longueur de temps.

A la nuit tombée, je descends de l'arbre, affolé par l'apparition d'un oiseau sombre au bec puissant. Les rats sont partis, mais je ne sais quelle direction prendre. L'espace qui sépare les territoires des tribus rivales est assez restreint et je peux être attaqué à tout instant.

Je reste un moment assis, immobile, à côté d'un cadavre de rat égorgé. La peur me paralyse. Il faut pourtant que je rejoigne un bateau, que j'arrive à m'enfuir, à quitter cet endroit.

Mon effroi est tel que, sans prêter attention aux oiseaux qui tournent au-dessus de moi, je me réfugie une seconde fois dans les branches – un abri complètement étranger à notre instinct de rats, contraire à nos goûts. C'est pourtant là que je me sens en sécurité.

C'est un vieux rat qui a eu jadis l'échine brisée et qui traîne la patte, il n'a plus de forces. Je tourne autour de lui, l'attaque à plusieurs reprises, enfonce mes dents dans son flanc, dans la peau qui recouvre les testicules, à la base de sa queue. Il piaille à chaque assaut et tente de me mordre à son tour.

Je viens de l'atteindre à l'endroit le plus vulnérable, sur le côté du cou. Je sens la veine se déchirer sous mes dents. Le vieux rat essaie en vain de me rendre la pareille. Il est de plus en plus faible, de plus en plus affolé.

Renversé sur le flanc, il tremble de peur. Le sang coule de ses blessures et de son museau. Il agonise. C'était le seul rat sur le petit bateau où tu venais de pénétrer après ton long séjour forcé dans les branches. Tu l'as tué d'un coup de dents aussitôt après ton arrivée, alors que la coque du bateau butait encore contre le quai.

Un oiseau nocturne m'avait délogé de mon arbre. Le choix était simple : mourir entre ses serres ou tenter de gagner le port. Rassemblant mes forces, j'avais couru ventre à terre dans la direction d'où le vent apportait une odeur de poisson. Les rats que je rencontrais se lançaient aussitôt à mes trousses.

Dans le port, un seul bateau était à quai, noir, immobile et silencieux sous les rayons de la lune. Son bord était un peu en contrebas par rapport au quai, j'ai sauté et atterri sur le plancher du pont avec un petit bruit sourd.

Le rat épuisé et malade qui vivait là est tout de suite apparu et s'est jeté sur moi avec la dernière énergie. Il s'attendait à ce que je m'enfuie, que je prenne peur et abandonne le terrain. Mais tu ne pouvais pas t'enfuir : sur la terre ferme t'attendaient les rats belliqueux des deux familles rivales.

Je suis sur l'eau. Le bruit assourdissant des machines me cerne. J'ai élu domicile dans le nid confortable du rat que j'ai tué, entre des épaisseurs de bois et de tôle. Un nid qu'il a tapissé de chiffons et de lambeaux de papier.

Je suis sur l'eau. Rester si longtemps dans un espace exigu rend nerveux, irritable. Naguère, dans les grandes cales du paquebot, tu n'avais eu aucune expérience de l'absence de mouvement, du manque de place. Les hommes ne te menaçaient pas, tu oubliais même leur existence. Ici, c'est différent. Les hommes sont partout. C'est seulement la nuit, lorsque la mer est calme et que l'équipage dort, que je peux déambuler librement dans les sombres entrailles du navire, remplies de cartons qui dégagent une odeur désagréable de tabac.

Tu connais ce port : les quais, les bâtiments bas, la poussière soulevée par le vent – tout te paraît familier, comme surgi d'un rêve. Mais ce n'est pas un rêve, même s'il m'est arrivé plusieurs fois, en m'éveillant, de prendre conscience que la réalité n'était peut-être qu'une autre forme de songe, ce songe où je vis, où je survis, où j'existe. Non, ce n'est pas un rêve, c'est tout simplement ta mémoire.

Le bateau a accosté. Je vais attendre le moment propice et descendre à terre. Je n'en peux plus de courir dans ce petit espace entre les deux bords qui grincent.

Voici la nuit. L'échelle de coupée est baissée, je la dévale en courant.

Une énorme lune brillante éclaire les installations portuaires et l'entrée des ruelles qui partent du quai. Je me suis déjà trouvé ici, c'était quand la ville brûlait, quand les obus explosaient ; à présent tout est calme. Dans les rues, des hommes se promènent, on entend au loin le miaulement d'un chat, l'aboiement d'un chien.

J'hésite : vais-je m'aventurer plus avant ou grimper à bord d'un autre bateau pour ne pas risquer de rencontrer les rats, les chats et les chiens d'ici ?

Je décide de chercher de quoi me nourrir dans les caniveaux et les dépôts d'ordures du voisinage. L'odeur forte et délicieuse du poisson sec t'attire.

Un tas de queues, de têtes, de viscères desséchés. Je mange avidement, les arêtes et les branchies racornies grincent sous mes dents.

Un premier rat s'approche. Pas très gros, le corps allongé. Il renifle, puis lance l'alerte en couinant avant de me mordre à la base de la queue. Je me retourne et lui donne un coup de dents dans la patte. Il fait un bond en arrière. Il saigne.

Les rats ne me poursuivent pas, chasser l'intrus leur a suffi.

Partout des murs à moitié détruits par les obus, noircis de suie. Je me souviens de cette ville. La même lune brillait lorsque je me faufilais par les ruelles sombres et désertes.

A présent, il y a des lumières partout, on entend les voix gargouillantes des hommes, de la musique.

J'ai toujours cette impression d'avoir marché autrefois sur cette route, sur ce pavé inégal, dans la poussière mêlée de crottes sèches.

Des hommes passent à côté de moi. Je me fige, le corps collé contre le mur. De quoi ai-je peur ? Ma couleur grise me rend invisible. Pourtant j'ai peur. Cette rencontre avec les rats m'a rempli d'anxiété. Je ne peux oublier les basses branches de l'arbre où la panique m'a poussé à me réfugier.

Il m'est arrivé à moi aussi, et plusieurs fois, de pourchasser ainsi d'autres rats, de les mordre, de les blesser, de les tuer et de les dévorer. Je connais bien cette haine : c'est la haine de l'intrus, de l'étranger, de celui qui vient d'ailleurs et qui annonce peut-être l'arrivée de beaucoup d'autres qui, s'ils sont aujourd'hui persécutés et tués, se mueront demain en persécuteurs et en tueurs.

Du fond de l'égout montent des couinements. La peur m'envahit. Je connais mal le terrain. S'ils se mettent à me poursuivre, j'ai peu de chances de leur échapper.

Je tourne dans une ruelle en pente raide, pavée de pierres ovales qui brillent sous la clarté d'une lune immobile, à la verticale. Je connais cette rue, je la reconnais parfaitement, je sais ce qui vient de s'y passer.

Le porche, avec le morceau de rideau qui pend, à

travers lequel filtre une faible lueur m'est familier, lui aussi. Je me faufile à l'intérieur.

L'homme accroupi sur le tapis rattrape la cruche en train de tomber de l'étagère et la remet à sa place. Soudain, je me rappelle la scène. J'étais là lorsque cette cruche est tombée. Dans sa cage aux barreaux de bois, sur l'étagère, la poule glousse, elle a senti ma présence.

Tout ce qui est arrivé depuis que je me suis sauvé d'ici n'aurait donc duré qu'un bref instant, le temps que la cruche tombe ?

Tu as pourtant bien entendu le bruit du récipient d'argile volant en éclats sur le plancher. Tu l'as entendu mais tu ne fais plus confiance à tes oreilles puisque tu viens de voir, au moment où tu t'es retrouvé ici, le même homme en train de rattraper de justesse la cruche avant qu'elle ne se fracasse au sol. Peut-être me suis-je endormi, peut-être que tout cela n'était qu'un rêve – toutes ces villes, ces chemins parcourus, ces voyages, ces poursuites et ces fuites. Mais quel rêve serait aussi riche en événements ?

Me voilà donc revenu à mon point de départ, au terme d'une longue course dans les cales d'un paquebot sucrier, après que j'ai quitté la ville où est mort le joueur de flûte.

L'homme aperçoit le rat qui file à côté de lui. Il saisit un petit poids en plomb et le jette. Je m'enfuis.

Troublé, je fais le tour de la maison. Dans un recoin de la décharge, je trouve une quantité de tessons d'argile. J'ai donc été victime d'une illusion : la première fois, la cruche a bien volé en éclats. Tout à l'heure, c'est une autre cruche que l'homme a rattrapée.

Autour de moi résonnent des couinements furieux, rageurs. Les rats me cernent. Ils approchent de plus en plus près. Prenant mon élan, je rebondis sur la surface dure des tessons et saute par-dessus le mur. C'est seulement en arrivant dans la zone éclairée du quai que je cesse de courir.

A moitié mort de fatigue et ne sachant pas trop si les rats ont renoncé ou non à me poursuivre, je cherche un abri.

Suivant les rails de la grue, je me dirige vers d'énormes véhicules métalliques recouverts de bâches ternes. Quelques coups de dents me suffisent pour trouer la toile et pénétrer à l'intérieur.

Toutes mes tentatives pour sortir de la cale ont échoué. Les écoutilles sont hermétiquement fermées, sans la moindre fente par laquelle je pourrais me glisser. Les conduites sont protégées par d'épais filets et des grillages que j'essaie en vain de ronger. Je suis pris au piège, un immense piège rempli de véhicules en acier serrés les uns contre les autres.

Menacé de mourir d'inanition, je mange tout ce qui paraît à peu près comestible : des lambeaux de papier trouvés à l'intérieur des structures métalliques, des chiffons de lin tout graisseux, des copeaux de bois sec, quelques rares insectes, fourmis ou araignées ayant pénétré ici par hasard, des fientes d'oiseaux sèches accrochées aux prélarts. Cela ne suffit pas à assouvir ma faim, l'estomac me brûle.

La pire torture, c'est la soif. Je suce l'humidité qui imprègne encore la couche la plus profonde des copeaux recouvrant le sol de la cale, je bois le liquide huileux qui stagne au fond des carrosseries. C'est encore trop peu. Assoiffé et affamé, je découvre au terme de longues recherches un filet de liquide qui suinte en gouttelettes le long du mur. De l'eau saumâtre, pleine de minuscules paillettes de rouille.

Je bois avec application chaque goutte qui apparaît. J'attends qu'elle se forme, qu'elle gonfle et commence à couler.

Ainsi, je survis depuis longtemps, très longtemps. Au début, tu n'arrêtais pas de courir dans tous les sens, en pleine panique, cherchant une issue. Le désespoir et la rage t'étranglaient. Tu essayais de grimper le long des murs de la cale – et les quelques fois où tu es arrivé jusqu'en haut, tu n'as pas trouvé la moindre brèche entre les panneaux d'écoutille.

Souvent, juché sur le capot d'un véhicule, je me dressais sur mes pattes arrière, en appui sur ma queue, et j'allongeais le cou, essayant de sentir les odeurs venant du dehors, d'entendre les sons qui signifieraient que mon supplice allait bientôt prendre fin.

La traversée se poursuivait. Je supportais bien le tangage, mais les tempêtes me terrifiaient. Surtout lorsque les vagues venaient heurter violemment la coque ou que, le navire donnant de la bande, les épais câbles d'acier se tendaient et gémissaient comme s'ils étaient sur le point de se rompre. Longtemps après que la tempête s'était calmée, j'avais encore le cou et l'échine noués de crampes douloureuses.

J'étais le seul rat dans l'immensité de la cale. Je ne cessais d'en faire le tour, longeant les murs en scrutant chaque détail. J'explorais aussi l'intérieur de tous les véhicules alignés. De plus en plus souvent, il m'arrivait d'entendre grincer des dents de rats ou de percevoir tout à coup, très nettement, le léger froissement d'une bête se faufilant sous la bâche, ou encore un puissant cri de guerre – comme sur l'île que j'avais quittée un peu plus tôt. Pendant mon sommeil, j'avais fréquemment l'impression d'être effleuré par les vibrisses d'un rat qui me flairait, je sentais sur moi la chaleur de son souffle. Les premières fois, je me réveillais en sursaut et me lançais dans de longues recherches fébriles.

Mais j'ai eu beau vérifier tous les coins et recoins les plus cachés, je n'ai jamais repéré la moindre trace de la présence d'un autre rat dans la cale. Pourtant, l'illusion se répète, venant interrompre chaque moment de repos, chaque phase de sommeil.

A présent, mes réactions au bruit causé par ce rat imaginaire deviennent de plus en plus violentes. Dès que j'entends le moindre bruissement, que je sens sur ma peau le léger picotement de ses vibrisses, je me rue sur lui, plein de haine et de fureur, je le poursuis, je le pourchasse et le traque.

Je suis malade. Abattu et tout grelottant de fièvre, je suis assis sur un tas de copeaux. J'éprouve dans les intestins une impression de succion et de brûlure aiguë. Tout ce que j'absorbe s'échappe de moi sous la forme d'un liquide glaireux. Je maigris, mes poils tombent, sur ma peau apparaissent des abcès sanguinolents, rapidement recouverts d'une croûte dure. Des démangeaisons douloureuses me forcent à me gratter, alors que chaque mouvement de patte pour rapprocher mes griffes de mon cou me fatigue, m'exaspère, m'affaiblit.

Je resterais volontiers tranquille, mais ces furieuses démangeaisons me l'interdisent.

De mes narines suinte une morve épaisse et visqueuse au goût salé, qui coule dans mon museau. Je respire avec de plus en plus de difficulté, j'éternue, je ronfle, je tousse.

C'est ainsi que je devenais de plus en plus apathique et somnolent. Je restais tapi dans mon coin, indifférent au balancement du paquebot, aux assauts de la tempête, au hurlement lointain du vent, et même aux voix suscitées par ma propre imagination, à mes visions et à mes rêves, à mes souvenirs, aux démangeaisons de ma peau, à la faim, à la soif, à la douleur.

Tu as cessé de faire ta toilette et d'attraper les puces. Je me mourais lentement et j'avais beau le savoir, j'ignorais comment me défendre. Tu ne pouvais pas te défendre, tu sentais bien que tu n'avais aucune chance, enfermé comme tu l'étais dans cette boîte métallique étanche.

Les puces commencent à s'enfuir de ta fourrure pelée, de ta peau fiévreuse. Elles pressentent la mort qui approche. Que me reste-t-il – je mange un ver qui se tortille dans la sciure. Je cède à l'engourdissement, je me renverse sur le flanc et j'attends... J'attends... Le sommeil m'emporte.

Soudain, je me réveille. Le balancement a cessé, les moteurs ne vrombissent plus. Du dehors parvient le bruit étouffé des grues du port.

Les trappes en acier qui fermaient la cale s'ouvrent. La lumière dont j'ai été si longtemps privé m'éblouit. Rassemblant ce qui me reste de force, je me glisse à l'intérieur d'une voiture, dans l'obscurité.

Les hommes descendent dans la cale, manipulent les câbles, parlent entre eux.

Je me sens soulevé en même temps que mon

épaisse armure métallique. Un vent froid fait irruption à l'intérieur. Un instant plus tard, le balancement s'arrête. Me voici à terre.

J'entends le vacarme, le vrombissement des moteurs, les cris des oiseaux qui passent au-dessus de moi, toutes sortes de bruissements et de bourdonnements inconnus.

Je veux vivre, je veux vivre... Les pattes encore chancelantes, j'émerge entre les tôles d'acier et me mets à courir en direction des entrepôts portuaires.

Malade, brûlant de fièvre, il s'est tapi dans un recoin, tout endolori, plus mort que vif... Il n'a même plus la force de capturer avec ses dents les puces qui s'affairent sur son ventre. Elles le mordent tant et plus, comme si elles plongeaient de menues aiguilles dans sa peau, pour sucer son sang.

Je gis dans ma demeure cachée au fin fond d'un labyrinthe de tunnels et de passages, de plus en plus inerte, passif, peureux.

Un léger grattement... C'est un rat d'un nid voisin qui est venu voir ce qui se passe, si je suis mort ou encore vivant. Il recule : il a senti l'odeur de ma peau fiévreuse, de ma sueur.

Un autre petit bruit. Et si c'était un serpent ? Mais non, ici il n'y en a pas. Les serpents ne s'y risqueront jamais, la puanteur des égouts les en détournera, les charognes, l'eau fétide. Et pourtant je redoute d'en voir surgir un, dans cet endroit apparemment sûr et tranquille. Le bruissement passe, s'éloigne, s'éteint. J'essaie de m'endormir. La tête appuyée sur mes pattes de devant, je redresse les pattes arrière, je m'étire.

La fièvre monte. Je me sens tomber dans un trou

sans fond. Comme un oiseau, je plane de plus en plus loin, de plus en plus bas. La terreur me prend soudain : là, en dessous de moi, dans ce puits, la mort m'attend, je vais m'écraser au fond, contre la surface de l'eau qui, lorsqu'on tombe d'une telle hauteur, est aussi dure qu'une plaque de béton.

Piaillant et hurlant, j'essaie de me raccrocher avec mes griffes aux murs lisses, luisant d'humidité. Tour à tour, je m'enroule sur moi-même et détends brusquement mon corps.

Hélas, les parois sont comme du verre, dépourvues de la plus petite aspérité. Je dégringole à une vitesse stupéfiante. Suis-je en train de mourir ? Me voilà dans mon ancien nid, au sein de ma famille. Je joue avec les petits. Nous couinons.

Tout à coup, l'entrée du nid s'élargit : c'est la gueule grande ouverte d'un serpent. Dans un instant, dans une seconde, il m'engloutira.

Je piaille, j'essaie de m'enfuir. Impossible. L'immense orifice tapissé de centaines d'écailles plates s'incline vers moi, m'aspire, m'absorbe.

Je me réveille baigné de sueur, le poil hérissé et collant. Les puces continuent à me piquer. Elles se promènent jusque sur mes moustaches. Je les chasse d'un mouvement de patte.

Tout cela n'était qu'un rêve, un délire, une hallucination. Je gis, épuisé par la maladie, dans un local froid, entre le dépôt d'une maison de commerce et un égout collecteur. Je grelotte de fièvre. La soif me taraude. Pour boire, il me faut sortir d'ici et atteindre le mur en pierre où coule un maigre filet d'eau. Mais en aurai-je la force ? Chancelant et titubant, je me dirige vers le couloir. Très lentement, précautionneusement.

J'arrive à grand-peine au pied du mur fissuré. L'eau suinte goutte à goutte.

Je colle ma mâchoire inférieure contre la pierre et relève la tête.

Il y a longtemps que je n'ai pas bu une eau aussi froide. Je me désaltère longuement, essayant d'absorber tout le liquide qui s'écoule. La fraîcheur me pénètre peu à peu, du larynx elle descend plus bas, remplit mon estomac, refroidit mon sang échauffé. Je me sens mieux, beaucoup mieux. Aussitôt je me remets à attraper les puces.

Je suis guéri. Un poil tout neuf est venu remplacer mon pelage mité par endroits. Mes abcès se sont refermés et cicatrisés. Je reprends des forces.

Au début de ton séjour dans cette nouvelle ville, la maladie t'a probablement sauvé la vie. Les rats t'ont laissé en paix, ils ont senti sur toi la fièvre et l'odeur forte de la diarrhée. Après ton long emprisonnement dans la cale sombre et étouffante, le monde environnant te paraît bruyant et peint de couleurs agressives.

Une croûte de pain et des peaux de saucisse trouvées dans un papier gras ont pour tes papilles un goût extraordinaire, comme si tu en mangeais pour la première fois.

Mais ce repas plantureux a provoqué une véritable révolution dans mon organisme. Je suis réveillé par des douleurs aiguës, violentes dans mon ventre gonflé et dur, par des accès de diarrhée et de vomissements.

Puis je retombe dans un sommeil profond, fiévreux. Au réveil, je me sens mieux et, surtout, j'ai retrouvé mon appétit insatiable d'autrefois.

Je me suis réfugié non loin du canal, dans un

édifice élevé, avec des tours dont j'entends souvent tinter les cloches. Ces sonorités vibrantes, harmonieuses me rappellent la mélodie lointaine de la flûte.

Mais une autre raison, plus impérieuse, m'a poussé à m'installer là, tout près de ces clochers où nichent des autours : c'est la peur des rats qui, depuis ma guérison, se sont remis à me persécuter.

Car dans le port, la chasse aux rats venus de la mer ne connaît pas de trêve.

Tout le quartier est occupé par une famille de rongeurs gros et forts, acharnés à poursuivre l'intrus qui s'aventure sur leur territoire.

C'est pourquoi mon refuge actuel, loin des entrepôts, des élévateurs, des greniers à blé et des dépotoirs est sans aucun doute le plus sûr. Les rats qui cherchent une nourriture abondante ne viennent que rarement fureter par ici ; ils savent qu'en dehors de maigres déchets, quelques souris, des tiges de fleurs variées et des bougies, ils ne trouveront rien d'intéressant.

Je me procure de quoi apaiser quotidiennement ma faim dans une décharge voisine, à côté de bâtiments entourés de rangées d'arbres fruitiers.

Je loge à l'intérieur d'une statue creuse en plâtre. Le trou invisible par lequel j'y pénètre se trouve à sa base. Au début, les groupes de gens qui venaient à intervalles réguliers s'agglutiner autour me dérangeaient. Mais comme leur présence coïncidait avec une musique fort agréable à mes oreilles, je m'en suis vite accommodé, me contentant de rester dans ma cachette jusqu'à ce qu'ils s'en aillent.

Je me suis également habitué très vite à cet environnement paisible et rassurant.

Rien que des statues de plâtre, toutes creuses, de grosses bougies, des fleurs dans des vases, des lumières douces, le silence, un sol de pierre.

Je serais bien resté là plus longtemps, mais un beau jour les statues ont été descendues de leurs socles, on a étendu une toile par terre et dressé des échafaudages.

Brusquement, j'ai éprouvé à nouveau le besoin de retrouver ma famille, et puis la ville où je suis né, la vieille boulangerie et la cave avec, sur ses murs, les traces des anciens trous de rats bouchés et cimentés. Des hommes ne cessaient d'aller et venir à l'intérieur de l'édifice et je me sentais sans arrêt menacé.

Je suis parti une nuit, j'ai longé en courant les murs des maisons, les clôtures des jardins, j'ai traversé des places et des rues. Je tournais le dos au lointain murmure des flots apporté par le vent, au parfum de la mer, aux sirènes des bateaux franchissant le canal. Je fuyais vers ma ville, vers mon nid d'origine.

Toutes les villes se ressemblent. C'est généralement la nuit que j'y entre et que je les quitte, toujours poursuivi par des rats.

Ceux de ma famille me reconnaîtront immédiatement. Aussi j'attends ce moment où le rat dont je m'approcherai ne me sautera pas à la gorge, ne se précipitera pas sur moi avec un couinement furieux, appelant à la rescousse tous les autres membres de la tribu.

Je ne cesse d'errer, d'émigrer d'un endroit à l'autre. Toujours poussé par le même besoin de revenir sur mes traces, de retrouver les lieux que j'ai autrefois quittés, mû par cette exigence impérieuse, par ma mémoire.

Cette ville-ci est peut-être la dernière, enfin, après toutes celles qui m'ont tant rappelé la ville de mes souvenirs. Et pourtant je ne saurais affirmer tout de suite que ce sont bien les mêmes caves, les mêmes canaux, les mêmes passages souterrains, les mêmes caniveaux. Je ne les reconnais pas. Je viens d'arriver, c'est le début de l'hiver et les premières bourrasques glacées me chassent tout au fond des égouts.

Depuis bien longtemps, tu cherchais de ville en ville la boulangerie dans sa rue latérale, avec la cave où l'on déversait du charbon. Cette cave où, à côté d'une bouche d'incendie, on peut voir les traces d'anciens trous de rats colmatés avec du ciment.

Le temps t'est compté, tu vieillis, ton odorat s'émousse de même que ta vue, ton ouïe. Tout à l'heure, tu t'es précipité sur une araignée, la prenant pour un cloporte ou un cafard. Tes forces te trahissent, tu t'affaiblis. Tu cours moins vite, tu sautes moins haut, tu te fatigues plus rapidement.

J'évite les dangers. Je m'efforce de ne pas me trouver sur le chemin des rats, des chats, des chiens. Je ne m'attaque plus aux porcelets ni aux poules. Je me nourris de croûtes de pain, de morceaux de lard qui viennent se déposer au bord des canaux. J'évite les réserves des boutiques et les garde-manger des appartements, je redoute d'être capturé, j'ai peur de la mort.

Mon pelage sombre a blanchi – le long de l'échine, près des oreilles, sur les flancs. Mes griffes sont devenues friables. Mes incisives poussent plus lentement et, ce qui est plus grave, elles sont de plus en plus fragiles. L'une d'elles, à la mâchoire supérieure, s'est récemment brisée, à ma grande surprise, alors que j'essayais de percer une dure planche de chêne.

Je ne peux même plus me fier à mes vibrisses, qui me permettaient jusqu'à présent de m'orienter dans une obscurité complète. Naguère encore, elles se dressaient, bien raides autour de mon museau ; maintenant elles ont commencé à se plier, à se casser, elles pendent lamentablement.

J'ai vieilli, je le sens dans chacun de mes muscles, dans chacun de mes os et dans ma chair.

La vieillesse n'est rien d'autre qu'un grand affaiblissement, un amollissement général, une fatigue extrême, la maladie du temps. Longtemps, je me suis défendu contre elle, j'ai continué à agir comme si j'étais toujours jeune.

Le sperme ne gonfle plus mes testicules quand je vois une femelle en chaleur. Il y a longtemps que je n'ai plus eu de nid, de demeure fixe. D'ailleurs je ne ressens plus d'excitation, je ne connais plus ce besoin irrépressible de coït qui autrefois m'incitait à la lutte, motivait mes errances et ma quête. Depuis le dernier voyage en bateau, mon instinct sexuel s'est émoussé ; ces derniers temps, il ne se manifeste plus du tout.

Dans les égouts de la ville où je me trouve, j'ai découvert une galerie qui se ramifiait pour aboutir à un nid vaste et confortable, tempéré par la présence d'un gros tuyau d'eau chaude. Ce trou était occupé par une jeune femelle solitaire qui a rôdé si longtemps autour de moi, exhibant ses organes génitaux congestionnés, que j'ai fini par la couvrir.

J'ai interrompu mon voyage. Le nid est chaud et agréable. On dirait que la rencontre de cette femelle m'a rajeuni, me rappelant le mâle que j'étais autrefois. Les rues, les caves, les égouts me semblent familiers, comme si je les avais déjà vus et fixés dans ma mémoire. Ainsi, je suis resté.

Le froid pénétrant, la neige épaisse, le vent qui s'engouffre partout ne facilitent pas les sorties. Je préfère me cantonner dans les égouts et leur environnement immédiat.

Une génération de petits rats se développe. Quelques-uns, parmi les plus curieux, ne sont pas rentrés de leur première expédition. Toi, tu restes tapi sur la dalle de béton tiède qui te chauffe le ventre et les pattes.

Mais tu es de moins en moins tranquille, tu crains le jeune mâle qui grandit ; récemment, il s'est jeté sur toi et t'a sauvagement mordu l'oreille. Il était en train de couvrir ta femelle, sa mère, et tu voulais l'en empêcher. L'incident a réveillé en toi un fort sentiment de propriété, alors que tu as cessé d'être un jeune rat. Il s'est rué sur toi, t'a renversé, malmené. Ton oreille est enflée, douloureuse. Tu es assis, la tête penchée sur le côté, et tu observes les attentions galantes du jeune mâle envers ta femelle.

Tu voulais avoir ton propre nid, commander aux autres rats de l'endroit, chasser les intrus de ton territoire.

Les choses se sont passées autrement parce qu'il devait en être ainsi. Tu es un intrus dans ton propre nid. Un vieux rat sans force qui arrive au terme de sa vie, de ses possibilités. Ta femelle a cessé de t'appartenir, elle est devenue celle d'un autre, plus jeune. Elle t'a arraché la tête de poule que tu avais repêchée dans l'égout et elle est en train de savourer la succulente cervelle en compagnie du jeune mâle. Tu n'esquisses pas un geste pour écarter ton rival.

Ils te chasseront, ils te délogeront, ils te refouleront, ils te précipiteront hors du nid tiède, sur le bord humide et froid du canal de dégagement. Le jeune rat te déteste, il rôde sans cesse autour de toi, prêt à l'attaque. Seule ton indifférence te sauve, sinon il se serait jeté sur toi depuis longtemps, il aurait essayé de te renverser et de te trancher l'aorte avec ses dents.

C'est bien à contrecœur que je quitte le nid, mais il m'est impossible d'y rester, je n'aurais aucune chance dans un affrontement avec mon jeune rival.

A la surface, un soleil matinal, printanier mais encore froid m'accueille, qui m'étourdit.

Il est tôt, le jour vient juste de se lever.

La rue, le mur que je longe me semblent familiers, comme si je m'étais déjà trouvé là autrefois. Même le caniveau, avec sa bordure de pierre, même les grilles qui ferment les bouches d'égout ne me sont pas inconnus.

Mais où as-tu bien pu voir tout cela ? Je ne m'en souviens pas.

Par un interstice assez large entre le pavé et le bas d'une porte métallique, tu pénètres dans une cour ; au centre, une pompe en fonte. Des bâtiments entourant la cour émane une senteur de farine, de graisse et de pain chaud.

Il y a une boulangerie, ici, et par l'autre toit, en face, on peut accéder aux réserves du magasin remplies de provisions ; cette porte-ci mène tout droit au local où trône un énorme four et là, un peu plus haut, doit se trouver une petite fenêtre donnant sur la cave. Elle est à présent cachée par un tas de tuyaux de fer. Derrière le tas, tu découvres que la fenêtre est condamnée, hermétiquement bouchée avec des planches ; impossible d'entrer par là.

Cette fois tu es presque sûr – c'est bien ici, c'est bien cette boulangerie, cette maison, cette cave. Ainsi, j'ai logé pendant tout l'hiver à deux pas de l'endroit où je voulais depuis si longtemps revenir. Si j'étais remonté plus tôt à la surface, si tu t'étais aventuré plus tôt dans les alentours...

Les poubelles sont différentes du souvenir que j'en ai gardé et le local où elles se trouvent a été entouré de murets de brique. Précautionneusement, je flaire tous ces éléments nouveaux. Depuis le toit de l'appentis, j'essaie de pénétrer à l'intérieur du magasin par le ventilateur, mais son orifice est obturé par un grillage fixé dans le mur. Je décide alors de grimper le long de la gouttière jusqu'au toit pour, de là, rejoindre les caves. Je progresse dans l'étroit tunnel où filtre la lumière du jour, profitant de toutes les aspérités de la tôle. Ça y est, j'ai réussi. Me voilà au grenier.

Je m'engage dans l'escalier. Tout a changé ici, c'est clair, lumineux, on sent la peinture fraîche. Je saute rapidement de marche en marche, prêtant l'oreille aux bruits sourds qui me parviennent. La maison rénovée, restaurée ne présente plus de fissures ni de trous. Et si les hommes te voyaient dans l'escalier ? Un énorme rat vieux et pelé, avec une longue queue glabre et des narines palpitantes sous lesquelles saillent des dents pointues. La porte de la cave est entrouverte, l'odeur forte de la peinture agresse tes narines.

Dans le couloir, tu retrouves le sol dur et familier. Les tuyaux des canalisations ont été enduits d'une couche de plâtre et de peinture, si bien que l'espace qui les séparait du mur n'existe plus.

Dans la cave, tu t'arrêteras près du mur, à côté de la bouche d'incendie. Aucune trace. La paroi recouverte de peinture à l'huile brille dans la pénombre. Le trou était-il ici, ou bien là, peut-être que tu viens de passer devant en courant d'un coin à l'autre, à moins qu'il ne se trouve un peu plus loin. Mais est-ce vraiment cette cave ? Où est passé le charbon ? La bouche d'incendie gargouille toujours comme avant, à travers la trappe installée là-haut filtrent quelques rayons, et une faible lumière pénètre par la fenêtre grillagée.

As-tu vraiment retrouvé ta ville, celle où était installé ton premier nid, ta première demeure ? Je fais le tour de la cave à plusieurs reprises. Un nouveau couvercle de tôle recouvre le point d'eau. Impossible d'y pénétrer. Les briques détériorées ont été remplacées et une baguette de fer renforce les bords. Peut-être repéreras-tu dans la cave voisine de vieux objets qui te seront familiers.

Tu reconnais tout de suite les étagères en bois, le long du mur. Dessus sont posés des pots et des bocaux de toutes tailles remplis de choses appétissantes. Au milieu trône le squelette en bois du fauteuil. Flaire-le, examine-le soigneusement, tu vas y trouver les traces de dents laissées par la femelle qui avait fait son nid là. Mais oui, il y a des traces, je les vois, c'est donc bien ici que je suis né. C'est d'ici, de ces caves, que je suis parti, que j'ai commencé mon errance.

Les rats que j'ai rencontrés dans l'égout, les rats qui m'ont chassé de mon nid sont ma tribu. J'ai retrouvé ce que je cherchais, enfin, je l'ai retrouvé.

A présent, retourne dans la cave voisine, arrête-toi près du mur, juste derrière la bouche d'incendie. Prête l'oreille, écoute les voix, les murmures, guette chaque bruissement, chaque écho. Tu es venu ici pour écouter et pour regarder, pour reconnaître. Tu es venu en croyant à l'impossible, oui, tu as cru à l'impossible, tu étais sûr que tu entendrais les grincements de dents, les cognements sourds de la femelle s'efforçant en vain d'ouvrir une brèche dans le mur. Je me suis accroupi, je suis là, immobile, le flanc contre la paroi ; les yeux fermés, j'écoute.

Tu n'entendras rien, il est impossible que tu entendes quoi que ce soit et tu le sais parfaitement. Le nid de rats creusé dans les fondations de la boulangerie a été muré pour toujours, aucun son ne peut te parvenir.

Un mur silencieux, muet, sans vie. Des reflets

bougent sur le sol, j'ai faim et soif. L'odeur de pain frais tout juste sorti du four qui vient de la boulangerie accroît cette sensation.

Tu te diriges vers les anciens passages, les lézardes, les couloirs familiers. Ils n'existent plus, il n'y a même plus de traces. Tout a été cimenté, aplani, repeint. Aux fenêtres on a fixé des grillages qui adhèrent hermétiquement aux embrasures. Seule la porte de la cave est restée en l'état et tu peux, bien qu'avec difficulté, te faufiler dessous.

Pour sortir, tu n'as pas d'autre solution que d'emprunter le chemin par lequel tu es venu, le plus dangereux.

Les effluves de pain frais augmentent la faim qui me taraude, ces brûlures dans mon œsophage et mon estomac. Je grimpe l'escalier. Un bruit de pas qui se rapproche. Du petit couloir, à côté du palier, me parvient le glouglou de l'eau. D'un bond, j'y suis. Peut-être réussirai-je à sortir par les tuyaux des canalisations et à rejoindre ainsi directement les égouts. Une pièce éclairée, un cri. L'homme assis dans la baignoire hurle, il avertit les autres de mon irruption, il lance sur moi sa brosse et son savon, il m'éclabousse. Un autre, qui vient de surgir sur le seuil, essaie de m'attraper à l'instant où je file entre ses jambes. Je détale dans l'appartement, l'homme à mes trousses.

Tu t'es caché derrière le divan, l'homme écarte les meubles, il t'a repéré. Son bâton te manque de peu. Je me rue sur le balcon, ce même balcon où, autrefois, un chat se chauffait au soleil en observant la cour. L'homme te suit. Tu essaies de descendre le long du mur, tu n'y arrives pas, tu sautes. Le contact brutal avec le sol est douloureux, tu t'es foulé une patte de derrière, tu tombes, tu te relèves. Sur le balcon l'homme crie à l'adresse de ceux qui sont en bas. Ils accourent. Tu t'enfuis tout droit, essayant de repérer n'importe quel trou où tu pourrais te cacher. Juste devant toi s'ouvrent toute une série d'orifices circulaires. Ce sont des tuyaux métalliques entreposés dans la cour. Je plonge à l'intérieur de l'un d'eux et cours en boitant vers l'autre extrémité, vers la lumière.

A l'intérieur de ce tuyau en spirale règne un vacarme insolite – les sons et les échos venant de la cour, de la rue et des bâtiments des environs se rejoignent ici, tourbillonnent et s'interpénètrent, heurtent les parois et s'y répercutent. Le bruissement de mes poils et le grincement de mes griffes contre le sol dur sont soudain amplifiés.

L'autre extrémité du tuyau se rapproche, elle est là, juste au bout de mes vibrisses pointées en avant. Quand, tout à coup, une plaque de tôle vient se coller contre l'ouverture. J'y appuie mon nez, ma tête, je la mords, je la griffe. Je suis pris au piège. J'entends des voix humaines. Avec peine, je fais demi-tour et cours de toute la vitesse de mes pattes dans l'autre direction. Le tuyau se soulève, s'incline. Je glisse et tombe dans l'abîme. Dans la lumière vers laquelle je courais, j'aperçois les yeux d'un homme. J'entends sa voix gargouillante et rauque. A présent, les deux extrémités sont obturées. Les hommes secouent le tuyau, le penchent violemment, le font tourner, cognent dessus, provoquant des sons aigus, insoutenables.

Terrifié, j'écarte les pattes pour essayer de garder

mon équilibre. Mais avec ces inclinaisons subites et ces mouvements de rotation, c'est impossible. Je vomis de peur. Les hommes mettent le tuyau en position verticale.

Je dégringole et plante les dents dans une étroite fissure que je tente d'élargir.

De nouveau ils soulèvent le tuyau, de nouveau ils l'agitent, le secouent, le font tourner sur lui-même.

De la lumière, enfin de la lumière. Je cours vers le bout du tunnel et j'atterris dans une cage en fer si étroite qu'elle interdit tout mouvement. Te voilà immobilisé, capturé.

Les fils d'acier blessent tes gencives. Tu mords la planche, tu te débats, tu trottines sur place, tu piailles.

Les hommes t'observent attentivement en marmonnant. Un bâton pointu s'enfonce dans ton flanc, tu t'efforces en vain de le saisir avec tes dents. Ils te jettent un morceau de pain, mais la faim ne te tourmente plus. Ils t'ont transporté près du poêle. Une chaleur terrible augmente la soif qui te dévore.

Les hommes te scrutent de tout près, agitent la cage.

L'un d'eux prend sur la table un long couteau de boucher, étroit et à double tranchant. Il le soulève dans la lumière, examine soigneusement la lame.

Ils veulent me tuer, ils veulent me mutiler. Je colle mes pattes contre le plancher, j'enfonce l'échine entre les barreaux jusqu'à en avoir mal. Je suis réduit à l'impuissance, hors d'état de me défendre. Ils approchent.

La lame scintille au-dessus de ma tête.

Ils l'introduisent à l'intérieur de la cage, en direction de ma tête.

Ils visent mes yeux. J'agite violemment la tête. A présent, ils introduisent le couteau par en bas, de sorte que la lame pressée contre ma gorge m'immobilise. Ils sortent du poêle un fil de fer chauffé au rouge, l'approchent. Mon œil perçoit la chaleur de plus en plus forte, l'éclat éblouissant, terrorisant. Le fil s'enfonce dans ma pupille. La douleur fait éclater mon crâne.

Je hurle de toutes mes forces, mes dernières forces.

La barre incandescente touche à présent mon second œil. Elle y pénètre, tout n'est plus que ténèbres, douleur, sang et cri.

J'émerge d'un long engourdissement, je me lève. Je dois être dans la cour, je sens sous mes pattes la dureté du béton.

Ténèbres, ténèbres comme après la naissance. Ténèbres identiques, et cependant différentes. Il s'agissait alors des ténèbres de l'ignorance, de l'inconscience. Je ne connaissais rien d'autre qu'elles. A présent, ce sont les ténèbres du déclin de la vie, l'ombre de la mort qui approche.

J'ignorais encore à l'époque l'existence de la lumière, sa force et son éclat, je ne savais rien de l'espace, de la nuit, de l'homme, de moi-même. Je ne pressentais pas les événements qui bientôt surviendraient.

Plus tard, effrayé par la clarté, j'ai recherché la semi-obscurité, l'ombre, l'atmosphère confinée et malodorante des caves et des égouts.

Je ne savais pas que j'étais un rat, entouré de menaces redoutables : les pièges, les ennemis, la cruauté de mes semblables.

Je sens au fond de mes orbites des élancements violents. Le sang a cessé de couler sur mon museau. Je reste un moment immobile. Me voilà aveugle, condamné à retrouver mon chemin grâce à mes seules vibrisses.

Ils ne m'ont pas tué, ils m'ont crevé les yeux et m'ont abandonné ici, dans la cour, vivant. La sensation de piqûre est de plus en plus aiguë. Je tombe sur le flanc et me roule par terre, je happe les pierres avec mes dents. Tout s'interrompt.

Je l'ai aperçu de loin, de très loin.

Il est posé sur une surface lisse, égale. On ne distingue pas autour de lui le moindre relief.

Il est bombé, énorme, le plus gros œuf que j'aie jamais vu. Mais toi aussi tu te sens fort, plus fort et plus habile que jamais, apte à venir à bout de tous les obstacles.

Tu flaires avec soin la forme luisante, tu la contournes, tu l'effleures avec tes dents, tu essaies d'érafler la surface unie. L'œuf palpite, il sent l'oiseau, la vie qui bat à l'intérieur, le jaune, le blanc, la nourriture. Il faut absolument que je le transporte dans un endroit sûr en le faisant rouler, que je le casse et que je le mange. Tu enroules ta queue puissante et longue autour de l'œuf et tu commences à le tirer derrière toi. Soudain, la surface sur laquelle il repose s'incline et tu constates que tu es en train de monter une pente de plus en plus abrupte. Pour le moment, l'œuf se laisse gentiment traîner, sans résister, sans chercher à t'échapper. Soudain, une pression très forte dans ta queue.

En te retournant, tu découvres avec effroi une grosse pierre ovale. Quand la chose s'est-elle produite, quand a eu lieu la métamorphose, où est passé l'œuf ? Avec précaution, attentif à ne pas lâcher la pierre suspecte, tu changes de position afin de la soutenir avec ton flanc. Tu scrutes sa structure, sa surface. C'est manifestement une pierre polie, roulée par l'eau. Résigné, tu fermes les yeux.

Devant toi surgit de nouveau un œuf, magnifique, luisant, odorant, digne de toutes les convoitises. La pierre, à son tour, s'est transformée.

Maintenant il est occupé à pousser l'œuf le long de la pente. Il lui faut s'aider de sa tête, de son flanc, de ses pattes, de ses dents, s'appuyer de toutes ses forces, bander ses muscles, arquer l'échine pour ne pas glisser, ne pas s'effondrer. C'est de plus en plus difficile, l'œuf est de plus en plus lourd et lui, de plus en plus faible. D'un instant à l'autre, il va céder sous le poids.

Tu vois ton propre dos fatigué, ton pelage râpé, usé par le temps. Un rat étranger, inconnu, qui ne te ressemble en rien, pousse devant lui un œuf luisant, enivré par ses dimensions et son parfum. Un œuf qui se métamorphose en pierre, une pierre qui se métamorphose en œuf. Ce rat, c'est pourtant bien toi.

Mais comment puis-je distinguer quoi que ce soit puisqu'on m'a crevé les yeux ? Si l'on m'a aveuglé, comment puis-je voir ? Car c'est un fait : je vois. Je pousse devant moi, à grand-peine, une sphère brillante.

Le sommet de la côte se dessine à l'horizon. Dans un instant tu vas l'atteindre et tu pourras faire rouler l'œuf sur une vaste étendue plate, semée de trous et de cachettes. Tu le cogneras contre un caillou pointu afin de l'ouvrir, puis tu le mangeras.

Mais juste au moment où tu vas arriver au sommet, tu comprends soudain avec effroi qu'il n'y a pas d'œuf, il n'existe pas, pas plus que la pierre. Cet énorme fardeau qui s'alourdit sans cesse n'est que pure illusion, c'est le produit de ton esprit, de ton imagination. Du moins en as-tu subitement la conviction, tu le crois, tu es sûr que ni l'œuf ni la pierre n'ont jamais eu de réalité. À cet instant précis, juste avant d'atteindre le sommet de la côte, ce havre où te reposer et reprendre souffle, le rat – dont tu n'es pas tout à fait persuadé qu'il est toi – cesse de pousser cette forme sans poids ni existence, cette forme inventée, il se retourne et il regarde en bas.

Alors ? Est-ce que je vois ou est-ce que je ne vois pas, suis-je aveugle ou non ? A moins que ce ne soient pas les yeux qui perçoivent le monde. Peut-être.

L'œuf énorme dévale la pente vers le bas de la cuvette, il roule bruyamment sur la surface lisse comme un miroir. Tu le vois d'en haut, lancé à pleine vitesse, rejoindre l'endroit d'où tu es parti tout à l'heure.

Autour de toi, le sol commence à s'aplanir. Il n'y a bientôt plus de pente, plus de colline, plus de cuvette.

Tout est à présent au même niveau. Y compris moi, et l'œuf.

Tu l'aperçois au loin qui roule lentement, de plus en plus lentement. Il s'immobilise. Exactement, ou presque, à l'endroit où tu l'as vu pour la première fois. Approche-toi, recommence. Tu sais bien ce qu'il renferme, il t'attire, il te leurre, il te tente. C'est une proie si facile, vas-y, recommence. Je n'ai plus de forces, plus de forces du tout. Je ne distingue plus rien que les ténèbres. Je ne peux même plus ramper.

Douleur dans ma tête, douleur dans mes orbites creuses, sous mes paupières. Mon cou s'engourdit. Des frissons courent le long de mon dos. Je gis en plein soleil, au milieu de la cour chaude.

Les hommes m'ont abandonné là. Je me lève et, chancelant, j'essaie de marcher. Mon front heurte une brique, je m'arrête, puis je progresse lentement le long du mur. J'entends des voix, les hommes parlent, ils observent mon comportement.

Je suis pris de panique : ils peuvent me tuer, m'écraser, me piétiner, faire de moi ce qu'ils voudront. Titubant sur mes jambes qui flageolent, je me traîne tout autour de la cour. J'ai perdu mon flair, le sang qui s'écoule de mes yeux a bouché mes narines. Je ne sais pas où me diriger et pourtant il faut que je regagne mon nid, les égouts.

Je trouve une petite rigole par où l'eau s'écoule. Les voix des hommes ne me lâchent pas. Voici l'égout, mes pattes reconnaissent le relief de la grille. A cet endroit, entre l'entonnoir en fonte de la bouche d'égout et la bordure en pierre cassée, l'eau a creusé un sillon commode qui permet de descendre. J'entends les hommes qui approchent. Vont-ils chercher à m'attraper ? Vite, je me faufile dans la brèche. La pente est trop abrupte pour moi, à présent. Je perds l'équilibre, je tombe.

Sans défense, je me laisse rouler passivement, à demi inconscient. Ma tête heurte le coin d'une brique saillante. Enfin je m'arrête en bas du plan incliné, sous la voûte.

En dessous de moi, le canal d'évacuation où l'eau coule, abondante et tumultueuse après l'averse, j'entends les petites vagues qui viennent battre les bords en béton.

Mes orbites se sont remises à saigner, je reconnais ce goût tiède dans ma gorge.

Comme il fait froid. Mon cerveau est plein de trouble et de douleur, j'éprouve une impression de tourbillonnement incessant, j'ai mal.

Un rat s'approche, me contourne, m'effleure de ses vibrisses. Il lui suffirait d'un coup de dents pour me tuer, pour trancher le fil fragile qui me rattache encore à la vie. Il s'éloigne. L'eau ruisselle de là-haut, il s'est manifestement remis à pleuvoir. Dans l'égout, le grondement est de plus en plus intense, puissant, j'entends naître des murmures, des voix, des échos inconnus.

L'eau rafraîchit ma peau brûlante, lave le sang coagulé. Je me sens mieux, mais je reste étendu, inerte et sans forces, comme étourdi, malade.

Tu n'avais pas prévu de finir ainsi, tu ne t'y attendais pas, comment aurais-tu pu deviner qu'une telle chose t'arriverait, qu'ils aveugleraient un vieux rat qui de toute façon n'aurait pas tardé à crever dans un coin ? Il gît là, tel un vieux chiffon, un pigeon mort. Et pourtant tu vis – tu vis encore –

comme suspendu entre le petit canal où l'eau écume et la voûte vermoulue de l'égout, entre l'existence et le néant.

L'eau qui ruisselle te restitue lentement tes forces, ta volonté de vivre. Mais comment vivre sans yeux, comment ? Tu vas retrouver ton flair, tu reconnaîtras dans tes narines nombre d'odeurs familières, tu les humeras et elles te guideront, elles te diront où tu es, où tu dois aller, elles t'expliqueront ce qui t'entoure. Tu as toujours tes vibrisses, ces épaisses moustaches grises et raides qui saillent de part et d'autre de ton nez. Tu te rappelles avec quelle sûreté tu te déplaçais dans l'obscurité en te fiant uniquement à elles, guidé par leur toucher, par la sensation de résistance à l'instant où elles rencontraient un obstacle.

Je veux regagner mon nid. Il t'a chassé, tu as été jeté dehors par un mâle jeune et fort comme celui que tu étais il n'y a pas si longtemps. Il t'est difficile de l'accepter, difficile de renoncer à la proximité de ces murs tiédis par la tuyauterie du chauffage toute proche... C'est là que tu voudrais mourir, là et nulle part ailleurs.

Ne te résigne pas à l'exil, mais ne retourne pas non plus là-bas. Il te déchirera à belles dents, il te tuera, il t'égorgera.

La femelle n'a plus besoin de toi, elle a maintenant un gros mâle d'une rare lubricité, un mâle qu'elle a mis au monde elle-même. Il te sautera à la gorge.

Et pourtant tu veux absolument retourner là-bas, toi qui gis à présent, immobile et trempé par l'eau qui ruisselle des murs, tu le veux, tu ne veux que cela.

Et tu y retournes, d'un pas incertain, sur tes jambes qui vacillent. Tu pénètres en rampant dans le trou, tu atteins le nid, tu te couches contre le mur chaud, tu te reposes.

C'est ainsi que tu attendras la mort, que tu attendras ta fin.

Je remue les pattes, je bouge sur le sol argileux, essayant d'adopter une position normale. Le mal de tête ne veut pas s'arrêter, ma nuque engourdie pèse nettement plus lourd que d'habitude.

Tout près, juste au-dessus de moi, la foudre tombe, je sens la terre qui tremble tout autour. Tu vas ouvrir les yeux et tu verras une lumière mate, grisâtre.

Je les ouvre, je les ferme, je les ouvre de nouveau, je les ferme, je les ouvre encore... Je n'ai plus d'yeux, vais-je enfin le comprendre ?

Mais alors d'où vient ce rayon jailli de sous mes paupières et qui pénètre dans mon cerveau ?

D'où a surgi cette lueur, ce reflet, cette ombre ? Tu n'as plus d'yeux, tu es un rat aveugle qui agonise parmi les briques humides et vermoulues.

Il tourne sur lui-même, il a failli tomber dans le torrent bruissant de l'égout. Il tourne, prend appui contre le mur argileux qui glisse.

La foudre est tombée, le tonnerre a roulé puis s'est éteint. La lumière de l'orage n'a plus d'importance, elle m'indiffère, elle a perdu tout son pouvoir. Désormais je n'ai plus peur de la foudre, je n'en ai plus peur parce que je ne verrai plus jamais les éclairs. La cécité a eu raison de ta peur, elle t'a débarrassé de ta crainte devant ce qui autrefois te faisait fuir.

Tu as réussi à te remettre sur tes pattes, tu sens le contact du sol boueux, ton corps fatigué prend appui sur ta queue. Tu es collé à la terre, soulever ta tête lourde et blessée est au-dessus de tes forces.

Tu as retrouvé ton odorat, la senteur de l'eau de pluie et les remugles de l'égout emplissent tes narines.

Apaise ta soif avec l'eau qui ruisselle des murs. Ta fièvre n'est pas encore tombée, tes mâchoires s'entrechoquent. Bois longuement, bois encore, bois.

Je vais explorer avec mes vibrisses l'endroit où je me trouve : vérifier que rien ne me menace, que je suis en sécurité, que les briques ne vont pas s'écrouler sous mon poids, que le flot qui s'écoule d'en haut ne va pas m'emporter.

L'averse est finie. Il te faut descendre, aller plus loin, chercher quelque chose à manger, une croûte de pain, une graine, un reste de poisson qui te rendront tes forces.

Tu ne recouvreras pas la vue, c'est impossible. Les hommes t'ont bel et bien crevé les yeux avec des fils de fer chauffés au rouge, ils t'ont transpercé les pupilles, c'est une réalité que tu ne pourras pas annuler, ni fuir.

Je lève la tête, je redresse le cou, je hume soigneusement l'espace autour de moi.

Tes forces vont revenir, prends patience. A côté de toi passera le rat que tu as déjà rencontré maintes fois, tu rassembleras ton énergie et tu le mordras aux narines lorsqu'il commencera à te renifler. Il s'enfuira en piaillant, il t'évitera, il aura peur de toi.

Il détale, tu entends le crissement de ses griffes

contre les briques. Tu essaies de nettoyer ton pelage, d'attraper quelques puces. Les muscles de ta tête sont encore douloureux, le moindre contact déclenche une sensation de piqûre. Pourquoi vouloir laver avec tes pattes les yeux que tu n'as plus. La douleur fulgurante t'a terrassé, tu es couché sur le flanc et tu trembles à cause du froid pénétrant.

Là-haut, c'est la nuit. L'air a fraîchi. Le jour et la nuit ne sont plus à présent qu'une obscurité uniforme dont tu ne sortiras jamais.

Tu as rampé un peu plus bas, évitant un trou dans la voûte par lequel tu aurais pu tomber dans le flot torrentueux des eaux usées. Tu t'insinues dans une étroite ouverture et tu t'arrêtes sous le mur, près du bord où l'eau gronde.

Tu reviens dans le nid d'où l'on t'a chassé, ce nid où a grandi la dernière portée de ratons que tu as engendrée. Tu reviens dans un lieu qui ne t'appartient plus. Pourtant tu y reviens.

J'approche du but. Grâce à mes vibrisses, j'ai repéré l'entrée et je m'enfonce dans un long couloir qui monte. Un instant, le réseau complexe de tunnels souterrains m'égare. Enfin j'atteins le nid. La femelle et ses petits me flairent. Je me retranche dans la partie la plus reculée, un boyau en cul-de-sac où je me sens protégé de tous les côtés. Quand le jeune mâle m'attaquera, il lui sera très difficile de me déloger.

Tu es fatigué, affreusement las, comme après un long voyage sans sommeil.

Il s'est couché le plus confortablement qu'il pouvait parmi les débris de papier et les feuilles sèches. Ses paupières se sont refermées sur ses orbites vides, il ne ressent plus aucune douleur, aucune raideur dans les muscles, aucun élancement. Il se repose, il s'endort, il se laisse emporter par ses rêves, ses visions de voyages, ses souvenirs.

Il se voit lui-même, toute sa vie défile en un tourbillon d'images confuses et cependant distinctes, plus nettement tracées que tout ce qu'il a vu jusque-là.

Je suis donc en train de mourir, serait-ce déjà la mort. N'aie pas peur, tu t'endors, tout simplement, et tu revis ta vie, mais cette fois de l'intérieur, au fond de toi, tu retrouves des séquences perdues, des épisodes insignifiants, tu associes des fragments lointains appartenant à différents lieux, différentes époques. En toi le temps et l'espace se rassemblent, se contractent – peu importe ce qui a eu lieu avant ou après.

Juché sur le dos d'un buffle efflanqué, je saute juste devant les pieds d'un vieil homme agonisant, il me fixe de ses yeux noirs, profonds comme des tunnels où je pourrais me cacher.

De la musique, mais oui, tu entends de la musique. Écoute-la bien, c'est la flûte dont jouait cet homme, là-bas, dans ce port. Maintenant que tu l'as retrouvée, cette flûte, elle résonne, de plus en plus claire, dans tes oreilles, elle t'étourdit, dans un instant tu seras prêt à la suivre, peu importe où elle t'emmènera.

Une cruche tombe, renversée par l'aile d'un oiseau qui s'envole. Tu détales, et en une fraction de seconde tu effectues tout un voyage, tu vois défiler des paysages sous une lumière agressive, une ville en flammes. Et lorsque tu reviens à ton point de départ, l'homme est en train de rattraper la cruche juste avant qu'elle ne s'écrase par terre.

Expérience illusoire : autour de la maison, le sol est jonché de tessons d'argile émoussés, restes de nombreuses cruches cassées.

Voici des hommes qui emportent un vieux fauteuil tout effiloché, un chien aboie furieusement, des petits rats tombent de l'intérieur du siège et périssent, écrasés à coups de talon.

Sur une colline chauve, dépourvue de toute végétation, des hommes en clouent un autre sur deux troncs d'arbre disposés en croix, puis ils l'abandonnent sous un ciel éblouissant, suspendu à un poteau enfoncé dans le sol rocheux. Approche-toi, approche-toi encore pour recueillir le sang qui goutte.

Ne crains pas l'oiseau qui tourne dans le ciel, il ne t'a pas vu, il ne quitte pas des yeux celui qui agonise.

Il m'a relâché, pourquoi a-t-il soulevé la trappe métallique de la souricière et que s'est-il passé ensuite, peut-être que ce n'était qu'un rêve. Il est là, debout, qui me regarde sortir du piège et me sauver, il ne fait pas un geste, il m'observe.

Sur le mur tu repères les contours des taches de ciment encore frais. Un bruit sourd vient de l'intérieur de la paroi : c'est la femelle-mère qui essaie de percer la cloison, de creuser un tunnel pour sortir. Mais tu sais qu'elle n'en aura jamais la force, qu'elle va crever d'asphyxie et de soif, murée dans ce nid où elle t'a mis au monde, où elle a mis au monde tes petits.

Tu attaques le béton dur et rugueux avec tes dents, tu mords et tu ronges jusqu'à ce que tes mâchoires te fassent mal, jusqu'à ce qu'elles se mettent à saigner et que tes dents soient complètement usées, tes gencives à vif.

Pourquoi t'acharner ainsi puisque tu sais que c'est sans espoir, une entreprise vaine et dépourvue de sens. Ce mur, tu n'aurais pas assez de toute ta vie pour en venir à bout. Tu retourneras sur les lieux plusieurs fois, tu écouteras attentivement les sons venant de l'autre côté de la paroi, ces sons qui n'existent plus que dans ton imagination.

Tu quittes cet endroit pour toujours. Un serpent te poursuit, un serpent d'une ville lointaine. Il a enroulé ses anneaux autour d'un rat, il l'a écrasé, lui a broyé les os, et maintenant il l'ingurgite lentement, la gueule grande ouverte.

Une horde de rats se jette dans le fleuve. Le cours d'eau est immense, on n'en distingue pas les rives, la surface grise est couverte de vaguelettes. Les rats veulent le traverser à la nage. Les derniers arrivés poussent à l'eau ceux qui les précèdent, ils ne se laissent pas freiner dans leur élan.

Je suis parmi eux et je nage, je nage, je nage... Autour de moi, les rats s'épuisent, ils sombrent en entraînant leurs compagnons auxquels ils se cramponnent avec les dents.

Nage, ne te laisse pas abattre, tes forces ne te trahiront pas, allez, nage. Dans un instant, à l'horizon, tu apercevras l'autre rive.

Une force inconnue te heurte – peut-être une vague, peut-être le jeune mâle qui veut te chasser du nid.

Il nage, il nage, il nage et la rive est en vue, de

plus en plus proche. Nage. Tu nages droit devant toi. En route pour ton voyage le plus lointain.

Aurais-je recouvré la vue. A moins que je ne l'aie jamais perdue.

Que t'arrive-t-il, où suis-je. Les hordes de rats ont franchi le fleuve et poursuivent leur route, ils parcourent des continents, traversent des mers, continuent leur périple.

Ainsi qu'au commencement, je marche vers la lumière, elle est là devant moi, brillante, agressive. Je cours dans sa direction, elle t'attire comme la musique de cette flûte. Je traverse des caves, des égouts, des labyrinthes souterrains, plus loin, toujours plus loin, de plus en plus loin.

Pour la première fois je me sens en sécurité, hors de danger, en paix. Serais-tu toi-même cette lumière grise, vivante, féroce.

Le jeune rat m'a-t-il tranché la gorge, est-ce mon propre sang qui remplit mon larynx – je ne sens plus la douleur, je cours droit devant moi dans le tunnel le plus lumineux que j'aie jamais vu. Quel instant magnifique, quel instant magnifique, quel...

Varsovie, septembre-novembre 1979

Cet ouvrage a été réalisé par la
SOCIÉTÉ NOUVELLE FIRMIN-DIDOT
Mesnil-sur-l'Estrée
pour le compte des Éditions Belfond
en juillet 1994

Imprimé en France
Dépôt légal : septembre 1994
N° d'édition : 3210 - N° d'impression : 27545